Maike Maibaum

Geschenkt

NRZ - MITTEN IM LEBEN
KOLUMNEN UND KARIKATUREN
BAND 2

kultur.west

Vorwort

Ludger Claßen

Das Leben ist kein langer, ruhiger Fluss, es gibt unentwegt kleine Katastrophen und große Überraschungen: Die Tochter verfällt in Panik angesichts schrecklicher Spinnenattacken. Oder sie beschließt, sich ab sofort nur noch vegan zu ernähren. Der Sohn steht nach einem Matschwettlauf mit drecktriefenden Klamotten vor der Tür und droht das Haus zu verschlammen. Eine übervolle Garderobe blockiert den Flur und strapaziert die Nerven der Mutter. Eine Reifenpanne lässt die Mutter verzweifeln, die dann aber überwältigt wird von der großen Hilfsbereitschaft einer Vielzahl von Menschen. Oder die Eltern befällt eine heftige Wehmut, wenn die Kinder das Haus verlassen – obwohl die Blagen jahrelang für blanke Nerven sorgten.

Seit vielen Jahren packt eine Mutter samstags aus: Im Mittelpunkt von Maike Maibaums Kolumne „Geschenkt" stehen Geschichten aus dem Familienleben. Als Serie mit Geschenktipps gestartet, hat sich die Kolumne irgendwann verselbständigt. Die Sachen, über die Maike Maibaum schrieb, wurden plötzlich lebendig, weil sich die Familie immer mehr in die Geschichten hineindrängte. Aus den Hinweisen auf praktische Gegenstände wurden satirische Beschreibungen des alltäglichen Wahnsinns, der das Familienleben prägen kann. Die Infos zum Kaufpreis blieben seit Beginn der Serie erhalten, nunmehr als Parodie auf nützliche Verbrauchertipps.

Beim Lesen der Geschichten guckt man gelegentlich in den Spiegel, denn man war selbst schon von Ähnlichem genervt. Aber: Auch wenn uns die geschilderten Erfahrungen bekannt vorkommen, wir wären niemals in der Lage, diese so plastisch in einer Geschichte zu destillieren und auf den satirisch zugespitzten Punkt zu bringen. Maike Maibaums Texte sind überaus kunstvoll gebaut, jedes Wort sitzt und es gibt kein Wort zu viel oder zu wenig. Diese große handwerkliche Sorgfalt schafft überaus leichte Geschichten, die uns zum Lachen oder mindestens zum Schmunzeln bringen – Unterhaltung auf hohem Niveau.

Mit dieser Auswahl laden wir Sie ein zu einer Entdeckungsreise ins Leben einer Familie am Niederrhein. Und wenn Ihnen manche Produkthinweise skurril vorkommen – geschenkt …

Ein Lob auf die lange Leitung

Unsere Eltern und Großeltern erzählten vom Krieg, wir erzählen unseren Kindern vom Kabel. Von einer Vergangenheit, in der das Telefon angeleint war und an seinem Stammplatz in der Diele verharrte. Dann die Befreiung in den 80er Jahren, als die Post ihre lange Leitung vermarktete: Zehn Meter! Wir konnten geradezu enthemmt durch mehrere Räume spazieren. Und verhedderten uns nur manchmal in der Schnur, die schlangengleich zwischen den Möbeln lauerte.

Die Kinder lächeln müde, nostalgische Kamellen aus dem Jahr 35 vor Whatsapp … doch wenn ich mich im Erdgeschoss umschaue, packt mich topaktuell die Wut: Generation kabellos? Mein Wohnzimmer sieht aus, als hätten wir bergeweise Lakritzschnecken ausgerollt. In jeder Ecke des Raums zwirbeln und winden sich dürre schwarze Schnüre – die Ladegeräte der ganzen Familie.

Ist das der Preis fürs virtuelle Schweben im Internet, dass wir zu Hause in einer Art Spinnennetz aus Kabeln zappeln? Wir haben die Freiheit, überall und immer in die große weite Welt zu surfen, aber daheim sind wir Knechte eines meckernden Kästchens. Beim kleinsten Anzeichen von Schwäche wird das Handy angedockt wie ein Säugling, der dringend gestillt werden muss.

Und warum nährt die Familie ihre Smartphones ausgerechnet im Wohnzimmer? Wir haben auf drei Etagen jede Menge Steckdosen. Ist der Strom unten besser?

Nicht nur Handys, auch Kameras, Bluetooth-Lautsprecher, Laptops, alle scharen sich um unsere Sitzecke. Die Elektronik ist längst Familienmitglied geworden. Jedes Smartphone hat seine Lieblingssteckdose, so wie jedes Haustier sein Körbchen beansprucht. Mein Staubsauger findet keinen Anschluss. Wenn ich ein Smartphone ausstöpsele, bricht ein Shitstorm los. Mann und Kinder beschimpfen mich als skrupellose Akku-Mörderin.

Ladekabel danken ihren Besitzern die Liebe nicht. Wie Brillen und Schlüssel sind sie dauernd auf der Flucht. „Wo ist mein Ladekabel?“ ist heute der häufigste Satz in deutschen Familien. Früher kloppten sich die Kinder ums Lego, jetzt heißt die ärgste Verdächtigung: Benutzt du da etwa mein Kabel? Ja und wenn? Saugt man damit sensible Daten ab? Nein, lerne ich, die Elektronik leidet. Ich auch.

Smartphones werden immer besser, die Akkus schwächeln konstant. Die Stadtwerke müssten längst leer sein, bei uns wird den ganzen Tag Strom gesoffen. Und so kauern meine Kinder regelmäßig an einem 80-Zentimeter-Kabel vor der Steckdose, wenn sie surfen.

Tja … Es mögen olle Geschichten sein, aber wir hatten am Telefon immerhin zehn Meter Auslauf.

10-Meter-Schnur, Post, 5 DM mtl.

(29.7.2017)

Das Ungeheuer von Baerl

Smartphones helfen auch gegen wilde Tiere. Vorige Tage erreichte mich auf der Terrasse eine SMS unserer Tochter, die im Wohnzimmer saß: „SOS! Spinne!“ Wir plauderten mit Nachbarn, waren nur drei Meter entfernt. Warum hatte das Kind nicht einfach aus dem Fenster gerufen? Besorgt eilte ich rein.

Marsha saß mit angezogenen Beinen auf dem Sofa. „Die Spinne ist riesig!“, wimmerte sie und zeigte auf den Boden hinter mir. Ich schaffte aus anderthalb Metern Entfernung einen Schluss-Sprung in den Sessel. „Ich konnte nicht zum Fenster gehen, solange die frei rumläuft“, fand unsere 16-Jährige: „Es ist wirklich eine sehr große Spinne.“ Wir wohnen ja in einem Altbau, dessen Nischen bei vielbeinigen Untermietern begehrt sind. Man gewöhnt sich daran. Wie Leute, die neben Atomkraftwerken leben oder an der San Andreas-Spalte in Kalifornien. Etwa dreimal im Jahr kommt es zu entsetzlichen Begegnungen. Sie enden damit, dass ich schlotternd mit einem großen Bierglas ein haariges Monster raus trage.

Manchmal rede ich mir ein, dass dieser barmherzige Akt eines Tages belohnt wird. Falls der Rhein jemals Baerl überflutet, sehen Sie vielleicht in den Nachrichten, wie hunderte Spinnen meine Familie an Land schleppen. Soweit unsere WG mit dem Grauen. Die Kinder sind abgehärtet. Wenn sie von einer ungewöhnlich großen Spinne sprechen, wird es ernst. Zwischen den Fingern lünkerte ich auf den Fußboden wie auf die Leinwand im Horrorfilm. Da war keine Spinne! Klingt paradox, doch „keine Spinne!“ ist die Höchststrafe. Spinnen haben reale Abmessungen. „Keine Spinne!“ heißt, dass versteckt ein Wesen lauert, dessen Optik meiner Fantasie überlassen ist: irgendwas zwischen Tarantel und „Aragog“ aus Harry Potter. Marsha flüsterte, sie schreibe „wohl besser eine SMS an Papa“.

Nach einer Ewigkeit von zwei Minuten schlenderte mein Mann herein. Wir schilderten ihm das Ausmaß des Raubtiers, er zog einen Schuh aus: „Neiiiiin!“, kreischten wir stereo. Spinnen sind zwar mindestens lebensgefährlich, aber nur drinnen. Sobald sie durchs Gras laufen, schrumpfen sie zu „Och-schau-mal-wie-spannend-die-Natur-ist!“-Objekten. Mein Mann holte das große Bierglas, stülpte es über die Spinne, die hinter dem Fernseher saß, und brachte das Glas raus. Sie sei normal, sagte er im Vorbeigehen. Er hatte keine Lesebrille auf und mit dem Nachbarn gerade zwei schottische Malt Whiskys verkostet. Danach wirkt selbst das Ungeheuer von Loch Ness überschaubar. Ich saß noch auf dem Sessel – als ich den Schrei der Nachbarin hörte, die keinen Whisky getrunken hatte. Man verstand nur „unglaublich!“ und „auf keinen Fall in unsere Richtung!“. Seitdem traue ich mich nicht mehr raus. Den Text habe ich per SMS an die Redaktion geschickt.

SMS, je nach Anbieter, ab 0,03 €

16.9.2017)

Glückliche Kühe, traurige Männer

Stellen Sie sich einen gut gelaunten Mann im mittleren Alter vor. Meinen Mann. Er hält liebevoll einen Espresso in der Hand, öffnet den Kühlschrank. Schaut. Stutzt. Starrt. Seufzt. Und kippt schaudernd Sojamilch in seinen Kaffee, bevor er aus dem Raum geht, gebeugt.

Wir sind jetzt Zwangs-Veganer. Unsere Tochter hatte in den Sommerferien viel Zeit, die Vorräte zu „überarbeiten". Vegetarierin ist sie schon länger und auch die Ausflüge in die Bio-Körner-Slow-Food-Küche haben wir freundlich ertragen. Bei „vegan" war Schluss. „Du wächst noch!", erklärte ich der 16-Jährigen, „ohne Milch und Eier fehlen Nährstoffe."

Leider zerfällt unsere Autorität im digitalen Zeitalter. Eltern stehen für „gute Ratschläge", die Wahrheit kennt „Google". Marsha servierte mir drei „unabhängige Studien zur veganen Ernährung" und einen wissenschaftlich fundierten „Online-Nährstoff-Rechner", sie referierte über Kalzium-Ausgleich und Vitamin-B12-Zahnpasta. Ich hätte gerne akademisch reagiert, aber alles, was mir einfiel, waren die vielen Dosen Ravioli, die ich während meines Studiums geleert hatte.

Nach dem gemeinsamen Einkauf fühlte ich mich nochmal in die Universitätszeit zurückversetzt – das Portemonnaie war fast leer. Im Einkaufskorb lag vor allem Luft. Daneben: vegane Brotaufstriche, Yoghurt und Sahne aus Soja. Ein Liter Sojamilch ist doppelt so teuer wie Kuhmilch, knurrte ich. Unsere Tochter tröstete mich, es sei ein gutes Werk: Man habe nachgewiesen, wie heftig Kuhmütter in der Massentierhaltung leiden, wenn man ihnen die Kälber wegnimmt. Und ob ich wüsste, dass Kühe weinen können?

In den folgenden Wochen lernten wir weitere Vorzüge des Veganismus kennen: Urlaub! Unser Kind übernahm die Küche und kochte das halbe Internet nach. Wir bekamen feinste Linsengerichte und leckere „Buddha Bowls", die nach Nährstofftabellen komponiert waren. Mann und Sohn erfanden die Variante „veganplus". Sie grillten riesige Steaks und legten sie auf separate Teller „in respektvollem Abstand!" zu ihren Gemüse/Getreide-Schüsseln.

Längst sind die Ferien vorbei, Marsha muss bis spätnachmittags zur Schule. Und ich sitze zu Hause mit einem veganen Kühlschrank voller Pasten und Pürees und Kräutern, die ich nicht kenne. Weil die Zutaten so teuer sind, hat unsere brave Tochter alles in tausend Töpfchen verstaut. Ich würde ja gerne etwas (glückliche Bio!)-Kuhmilch kaufen. Aber hier ist kein Platz mehr, erläuterte ich meinem Mann, der traurig in seiner „mehligen Kaffeemitsojaplörre" rührte. Wussten Sie, dass Kerle weinen können?

Sojamilch, Supermarkt, 1,99 €

(23.9.2017)

Wer bei uns die Hosen anhat

Mein Mann hat den Abschied von der schönen Insel Sardinien immer noch nicht verwunden. Das schlägt sich in seiner Kleidung nieder. Er trägt eine Art Trauer, rund um die Knie.

Natürlich war es im italienischen Süden, kurz vor Afrika, extrem heiß. Selbstverständlich ließen sich die Temperaturen bloß in luftigster Sommermode ertragen. Ja, und auch am Niederrhein schien die Sonne und mein Mann zog weiterhin kurze Hosen an, wenn er nach der Arbeit in den Garten eilte. Nun nahm das alljährliche Schicksal seinen Lauf, die Sonne sank, die Blümlein welkten, die Vögel machten sich auf den Weg nach Afrika – nur mein Mann verharrte in kurzer Hose. Bis Mitte September hakte ich das unter „Gewohnheit" ab. Oder als männliche Trägheit: Was oben liegt, ist Mode. Anfang Oktober interpretierte ich allmählich: „Wehmut". Als wir abends die Heizungen aufdrehten, ich in Jeans und Pulli, er in Shorts und T-Shirt, begann ich mich zu sorgen. Weltschmerz?

Mittlerweile weiß ich, es ist etwas Großes. Mein Mann trotzt der Vergänglichkeit. Insgeheim will er die Erde daran hindern, sich ewig zu drehen und dabei seinen schönen Sommer mit in die andere Hälfte zu nehmen. Ähnlich dem Kinder-Glauben: Wenn ich die Augen schließe, sieht mich keiner. Wenn ich Shorts trage, findet kein November statt. Wie die langen Haare der Hippies ist die kurze Hose meines Mannes ein Symbol der Freiheit. Er erhebt sich über die Zwänge der Natur.

Dagegen entdecke ich mein Herz für Konventionen. Ich brauche abends keine feine Gesellschaft. Aber auch kein Gegenüber in kurzen Hosen. Das ist im Oktober surreal, als hätte sich ein Bademeister in mein Wohnzimmer verirrt. Oder ein Fußballer, der gleich auf den Teppich spuckt. Dann lieber Alfred Tetzlaff im Feinripp, der hat wenigstens Ruhrpott-Tradition. Ob ich seine Beine nicht schön finde, schmollt mein Mann. Ich versichere ihm, dass er wohlgeformte Beine habe. Doch kurze Hosen seien eben … kurz. Angus Young von AC/DC sei damit zur Legende geworden, doziert mein Mann. Wenn ich nicht aufpasse, holt er eine seiner zehn E-Gitarren und spielt bis zum Frühling durch.

Ich versuche an sein Ehrgefühl zu appellieren. Ob er nicht neulich das Extra3 des Kollegen Matthias Maruhn gelesen habe. Über die Finnen, die eine Vokabel kennen für „Männer, die sich allein in Unterhose zu Hause betrinken": Kalsarikännit. Da hätte ich es ja gut getroffen mit seiner Cargo-Bermuda und den zwei Bierchen, sagt mein Mann stur und wippt wohlig mit den nackten Zehen vor der Zentralheizung. Mamsarikucknit!, seufze ich. So nennt man bei uns eine „Frau, die sich für den Rest des Winters einen blickdichten Lampenschirm über den Kopf zieht".

Lampenschirm, Möbelhaus, 20 Euro

(14.10.2017)

Vom Zubbeln und Knürbeln

Neid würde ich es nicht nennen. Eher Neugierde: Wie schaffen das andere berufstätige Frauen? Dass ihre Kleidung immer so frisch gebügelt aussieht? Seitdem ich Textilien besitze, kämpfe ich mit Stoffen und scheitere, arg geknickt.

Die niederträchtigsten Gegner sind moderne Blusen. Angeblich bleiben die neuen High-Tech-Materialien „hundert Prozent knitterfrei". Das mag zutreffen, wenn man sein Leben reglos und im Stehen verbringt. Schon auf dem Weg zur Arbeit beginnt der Verfall. 15 Minuten im Auto – und man sieht aus, als hätte man bei Ikea im Bällchenbad gelegen. Schnallen sich die anderen Frauen vielleicht nie an? Selbst die bestgestärkten Oberteile werden doch vom Sicherheitsgurt dahingerafft. Alle schimpfen über den schmutzigen Diesel, aber niemand unternimmt was gegen die rollende Knürbelkiste.

Also verbringe ich den Tag mit verstohlenem Zubbeln, versuche Falten mit der Hand und Hartnäckigkeit zu glätten, drapiere Tücher über dem textilen Schrumpeln. Auch große Handtaschen taugen als Sichtschutzwände. Meine Tochter sagt, ihre Generation föhnt einfach alles glatt. Wahrscheinlich weil Mütter wie ich nicht ordentlich bügeln, grübele ich mir Furchen in die Stirn, die kein Föhn mehr wegpustet. Männer haben es leichter. Die Knitter vom Autogurt bügeln viele mit dem Bierbauch aus.

Natürlich kann man Blusen überlisten, sie vor der Autofahrt ausziehen, ordentlich über die Nackenstütze hängen. Und hoffen, dass man beim Umkleiden auf offener Straße keine Bekannten trifft. Komischerweise sehe ich nie andere Frauen, die sich am Auto umziehen. Bin ich wirklich die einzige Versagerin unter 1000 Blusenflüsterinnen?

Ich bat eine Nachbarin, die seit Jahrzehnten in Boutiquen arbeitet, um einen Geheimtipp. Sie sagte: Kindchen, es gibt keinen Weihnachtsmann und keine knitterfreien Stoffe. Nur Frauen, die eine Viertelstunde früher zur Arbeit gehen und in einem Nebenraum schnell ihre Oberteile aufbügeln.

Jetzt ist auch mein Weltbild verknautscht. Ist es möglich, dass ich die einzige Frau auf Erden bin, die nicht am Arbeitsplatz bügelt? Stehen etwa in Fabriken, Kaufhäusern und Bürotürmen geheime Dampfbügelstationen, von denen nur ich nie gehört habe? Ob alle Kolleginnen, die ich jemals hatte, still in sich hinein kichern, weil ich die einzig Knitternde bin? Ist das eine bizarre Verschwörung? Oder hat meine Nachbarin glatt gelogen? Existiert vielleicht doch, in einem Tresor neben dem Coca Cola-Rezept, der unverwüstliche Stoff? Ach, wir werden das Problem heute nicht lösen. Aber Sie könnten mein Ego stärken: Wenn Sie diese Seite ins Altpapier geben, bitte nicht knüllen!

Reise-Föhn, Kaufhaus, ab 8 €

(4.11.2017)

Die Krise und der Kleiderschrank

Allmählich entwickele ich eine Allergie gegen Tipps. Welche Zeitschrift man auch liest, es gibt garantiert „Zehn Tipps …“, wie man seinen Bauch los wird, die erste Million verdient oder in den Himmel kommt (diese Tipps hießen früher zehn Gebote). Gerade ärgert mich ein Tipp aus einem Möbelkatalog. Eine junge Dame erklärt darin, wie man seinen Kleiderschrank effektiv nutzt. Eigentlich brauche ich für den Kleiderschrank keine Gebrauchsanweisung. Man hängt oder legt ein paar Textilien rein, oder? Von wegen. Der Schrank ist ein Schrein, er stiftet Sinn und Schönheit, was heute identisch ist. Die Fachfrau empfiehlt, man solle innen auf die Türen Polaroidfotos heften – von den besten Outfits, die man sich zusammengestellt hat. Dann bleibe die Krise beim Ankleiden aus.

Wenn ich sowas lese, möchte ich mich in den Kleiderschrank setzen, die Türen (ohne Polaroids) hinter mir schließen und heulen. Wohin entgleitet diese Welt? Gibt es allen Ernstes Menschen, die nichts Besseres zu tun haben, als stundenlang ihre Klamotten zu „Outfits“ zu kombinieren? Gut, für besondere Anlässe … aber regelmäßig „der kleine Catwalk für den Hausgebrauch“ spielen? Offenbar leidet das Hirn darunter. Oder warum benötigt man Fotos als Gedächtnisstütze für „blaue Jeans plus graue Bluse“? Die Antwort beunruhigt mich noch mehr: Weil der Nachwuchs heute 25 Hosen und 45 Blusen besitzt und den Überblick verliert. Ist ganz Germany jetzt Topmodel?

Irritiert schaue ich in meinen Kleiderschrank. Ich bräuchte kein Polaroid, um mich zurechtzufinden. Die meisten Pullis und Blusen kenne ich ziemlich lange. Selbst wenn sie neu sind, haben sie Ähnlichkeit mit Modellen, die ich im vorigen Jahrzehnt getragen habe. Ich würde das gerne „Stil“ nennen, ist aber wahrscheinlich „stinklangweilig“. Im Sommer amüsierte sich die Weltpresse über Angela Merkel, die im exakt gleichen Dress wandern ging wie voriges Jahr. (So wie die meisten Menschen ja die zwiebackfarbene Haartolle von Donald Trump mehr interessiert als der Hirnschaden darunter.) Erschreckt habe ich eine Seelenverwandtschaft mit unserer Kanzlerin festgestellt. Ich fahre dieses Jahr zum 17. Mal mit meiner dunkelblauen Fleece-Jacke nach England. Der Urlaub beginnt, wenn ich sie anziehe. Manchmal trage ich sie zu Hause und höre gleich Möwen und Atlantikwellen.

Klar stehe ich auch hin und wieder ratlos vor dem Kleiderschrank. Zur Probe habe ich tatsächlich einige Bilder an die Tür geheftet, aus meiner 70er Jahre-Jugend: Ich trage unförmige Rollis und braune Cordschlaghosen. Das inspiriert: Coole Zeit, in der man das Leben noch nicht als große Castingshow begriff. Und schon sagen mir die Fotos, was ich anziehen will: Irgendwas!

Heftzwecken, Bürobedarf, 1,99 €

(11.11.2017)

Wieder keine gute Fee

Nö. Wieso? Eine Brille? Ich?? Nur weil ich die Augen zusammenkneife? Ich brauche keine Brille, aus einem einfachen Grund. Weil ich mit Brille aussehe wie jemand – mit Brille. Klar … es gibt viele Menschen, die mit Brille gewinnen. Das Gestell bildet dann eine attraktive Allianz mit den Gesichtszügen, verleiht Würde und Schönheit. Bei mir wirkt das eher, als wäre irgendwo ein verbogenes Stück Draht abgebrochen, runtergefallen und zufällig auf meiner Nase liegengeblieben. Außerdem: Will man diese ohnehin übertriebene Welt wirklich in aller Schärfe sehen? Ist so ein biologischer Weichzeichner nicht hilfreich?

Die freundliche Augenärztin lächelte nachsichtig, wahrscheinlich hörte sie solche Ausflüchte 25 Mal am Tag. Sie war entschlossen, mein Weltbild zu optimieren. Und verordnete mir drei Brillen, eine neue fürs Lesen, eine für den Computer-Bildschirm, eine fürs Autofahren: „Am besten eine Gleitsichtbrille für den ganzen Tag!"

Gleitsicht! Ich hatte, gestochen scharf, die Vision einer Gestalt mit fingerdicken Glasplatten vor den Augen, die durch die Fußgängerzone torkelt, wobei sie mit dem rechten Fuß nach Bodenwellen tastet. Über Gleitsichtbrillen habe ich ähnlich viele Horrorgeschichten gehört wie vor 20 Jahren übers Kinderkriegen. Die Brille heißt so, weil man in ein optisches Martyrium entgleitet. Die Welt verwischt, man lebt wie in einer Seifenblase, die aber platzt, wenn man die 800 Euro beim Optiker bezahlen muss. Eher widerwillig betrat ich ein Brillen-Fachgeschäft.

Diese Geschäfte fand ich schon immer gruselig. Man fühlt sich von den 1000 Gestellen beobachtet. Und es strotzt vor Physik. Optik kam in meiner Schulzeit mangels Lehrer kaum vor und fühlt sich bis heute fremd und feindlich an. Gut, dass ich keinen Termin hatte und sicher erst 2018 wiederkommen durfte. Die 1000 Gestelle musterten mich gierig, die Optikerin hatte sofort und viel Zeit. Wozu? Wenn ich den Kopf in einem bestimmten Winkel halte und die Buchstaben am PC vergrößere, kann ich lesen. Außerdem beherrsche ich die Tasten blind und nachts soll mich mein Sohn fahren.

Ich schwor der Optikerin, dass es für mich keine passende Brille gäbe. Die kundige Frau brachte Gestelle, bis mir schwindelig wurde. Beim 34. Modell schaute ich in den Spiegel, und obwohl keine Gläser drin waren, sah ich auf einmal klar: Eine Brille ist eine Brille. Eine Dienstleisterin. Die ihren Job macht. Keine gute Fee, die mein Gesicht aufs Feinste überarbeitet. Danach ging's. Ich entschied mich für zwei unauffällige Modelle und zwei besonders hübsche Hüllen, in denen ich sie schnell verschwinden lassen kann. Für Gleitsicht fühle ich mich noch nicht reif, es reicht erst für 1,25 Dioptrien Einsicht.

Brille, Optiker, 380 €

(9.12.2017)

Da bisse platt

Dieser Samstag war so grau, dass der Asphalt auf der Hauptverkehrsstraße dagegen heiter wirkte. Ich verließ mit einem roten, schmerzenden Auge die Notfallambulanz. Eine genervte Ärztin hatte im Vorbeirennen auf „Bindehautentzündung" getippt (was sich später als falsch herausstellte). Dann setzte ein bleierner Regen ein, wie er nur im Duisburger Norden vorkommt. Ich fuhr zur Apotheke und wunderte mich, warum mir alle Menschen zuwinkten.

Bestimmt feixen sie über mein Auge, mit dem ich linksseitig aussehe wie ein Vampir aus der Twilight-Saga, dachte ich grimmig. Beim Aussteigen erkannte ich den wahren Grund. Ein Platten, hinten rechts. Toll. Links schäl, rechts lahm. Der Regen pladderte Beifall. In der Nähe gab es eine Werkstatt. Mein Auto humpelte hin. Oh nein, seufzte die Frau vom Chef, gerade sind alle raus in den Feierabend. Ob ich einen Reservereifen hätte? Hatte ich, nur leider keine Ahnung, wie man den wechselt. Wofür ist man verheiratet? Im Hinterkopf hörte ich Alice Schwarzer schimpfen. Die Dame in der Werkstatt war emanzipierter als ich. Sie habe das schon mal gemacht. Die Hebebühne sei frei. Gemeinsam könnten wir es schaffen, meinte sie. Ich stellte mir vor, wie ich mit wundem Auge und linken Händen noch mehr Unheil stiften würde und winkte ab. Die Frau bot mir ihren Ersatzwagen an. Sie könne mir auch den Weg zur nächsten Tankstelle aufzeichnen. Ich fand sie hilfreicher als die Notärztin.

Die Tankstelle lag nur 400 Meter entfernt, doch der Weg wird mir in Erinnerung bleiben. In der Gegend leben überwiegend Ausländer. An dem Tag hatten sich restlos alle versammelt, um mein Auto zu retten. Nach 30 Metern hielt der erste Wagen neben mir, besetzt mit einer Großfamilie: „Brauchst du Hilfe?" Ich rief, die Tankstelle sei da vorne, danke … da bremste schon eine junge Frau mit Kopftuch: Ob sie ihren Bruder anrufen solle wegen des Plattens? Bis zur Tankstelle blieb ich nonstop umringt von freundlich fuchtelnden, dunkelhaarigen Menschen. Mein Skoda war besser betreut als ein Ferrari in der Formel 1. Schließlich sprang ein türkischer Taxifahrer aus dem Wagen und stellte klar, er werde mir jetzt auf der Stelle den Reifen wechseln. Fast wünschte ich mir zwei kaputte Reifen, um so viel Fürsorge zu verdienen. Noch bevor ich mich groß bedanken konnte, war der Mann weitergerast. Es gibt offenbar Leute, die Hektik und Herzlichkeit unter einen Hut bekommen. Als ich zu Hause ankam, war das rechte Auge rot und das linke tränte … gerührt.

Mag sein, dass der Tipp bewusst platt ist. Doch wenn Sie wieder mal Nachrichten gesehen haben und an der Menschheit verzweifeln: Lassen Sie aus einem Autoreifen die Luft und fahren Sie ganz langsam durch Duisburg Nord …

Winterreifen, Reifen-Shop, 82 €

(16.12.2017)

Mein Rhein gehört mir

Huch! Hoch! Das Wasser! Der Rhein ist uns wieder reichlich nahe gekommen. Da die kleine Sintflut jetzt abfließt, kann ich entspannt darüber schreiben. Dass wir auch deshalb nach Baerl gezogen sind, weil wir den Fluss mögen. Weil er uns jeden Tag die große weite Welt vorbeischiebt, bunte Schiffe schaukelt und immer ein bisschen Freiheit und Ferienstimmung verbreitet. Ureinwohner des Dorfes haben mir erzählt, dass der wahre Baerler einmal am Tag den Rhein besuchen muss, sonst fehlt ihm was. Wir würden uns nie mit dem Prädikat „Baerler" schmücken. Schließlich sind wir erst vor 16 Jahren aus der Großstadt hergezogen, gelten noch als geduldete Baerl-Anwärter. Trotzdem entdecke ich an mir einen peinlichen Patriotismus … besonders bei Hochwasser.

Bei Hochwasser versammelt sich der halbe Ruhrpott vor unserer Haustür. Weil der brave Niederrhein plötzlich cooler aussieht als das Mississippi-Delta. Nur noch Bäume auf Zehenspitzen ragen aus den Fluten, Wildgänse thronen stolz auf ihrem nagelneuen Binnenmeer. Ja, Hochwasser ist ein silberblauglänzendes, ästhetisches Großereignis, wenn einem nicht das Haus absäuft.

Logisch, ich musste auch hin. Als Beinahe-Baerlerin mit schwellender Fluss-Seh-Sucht. Und um zu prüfen, ob unser Keller gefährdet war. Weit kam ich nicht. Wegen der Wassermassen. Und wegen der steigenden Menschenflut! Meine Spazierwege waren zur Hälfte ertrunken, der Rest wurde überrannt. In den Rheinauen ging es zu wie auf der Münchner Wies'n. Ganze Großfamilien enterten den Deich, Radler-Rudel heizten im Slalom durch die Grüppchen, hunderte Fotoapparate klickten nervös, als würde die Landschaft gleich knapp.

Silberblauglänzend? Ist doch nur Wasser, ziemlich schmutziges, das sich breit macht. Muss man eine gigantische Pfütze sofort als Event feiern?, grummelte ich. Vater Rhein ist doch kein Entertainer. Können die Massen nicht bleiben, wo sie hingehören, im Centro? Was wollen die hier? Mal Rhein gucken, wie du, flüsterte der versöhnliche Teil meines Ichs. Mein Rhein gehört mir, fluchte das trotzige Ego. Beide grübelten, ob mir 16 Jahre als Rhein-Anliegerin einen Anspruch auf einsame Wanderwege verschafften? Wohl ebenso wenig wie mir morgens die A 40 gehört, wenn all die rücksichtslosen Autofahrer einen Stau um mich bilden.

So schminkte ich mir die Deichgräfin wieder ab und reihte mich artig unter die Touristen. Die am Rhein natürlich herzlich willkommen sind. Gerne auch nach dem Hochwasser. Da könnten alle mit blauen Säcken ans Ufer eilen – und die sensationellen Berge von Plastikmüll und Treibgut aufsammeln, die bei der großen Rheinwiesen-Show liegengeblieben sind.

Blaue Säcke, Supermarkt, 1,99 €

(20.1.2018)

Das Teufelchen aus der Kiste

Der Frühling naht und es ist wieder Zeit für Feng Shui. Feng Shui war eine chinesische Philosophie, die auch zur harmonischen Gestaltung von Wohnräumen diente – bis sie von Frauenmagazinen entdeckt wurde. Jetzt ist alles Feng Shui, was fernöstliche Ruhe darstellen soll. Werfen Sie die gesamte Deko und zwei Drittel der Möbel weg und legen Sie zwei melancholische Kiesel in das nun leere weiße Regal, stellen Sie einen frierenden Zweig in eine Glasvase: Feng Shui! Ich würde das regional übersetzen mit: Ratz Fatz! Alles muss raus! Durchwischen, lüften … meine Omma nannte es Frühjahrsputz, wobei sie ignorierte, dass die Lebensenergie „Chi" an ihrer altdeutschen Standuhr verkanten könnte.

Das Gegenteil von Feng Shui ist: mein Mann. Mein Mann ist Großmeister der urwestlichen Philosophie „Alles muss bleiben!". Sogar die Büffelleder-Jacke. Die war mal cool. 1995, als er sie an der Portobello Road in London kaufte. Seitdem blockiert sie den Dielenschrank. Das Leder stammt von einem arg muskulösen Büffel. Man kann es kaum knicken, die Jacke hängt da breit und angriffslustig wie der Rumpf eines Footballspielers. „Ich könnte sie zum Motorradfahren brauchen … eines Tages, wenn ich mit einer Harley durch die USA toure!", fantasiert mein Mann.

Vielleicht hilft ja einmal in meinem Leben ein Tipp aus dem Frauenmagazin: Wer beim Entrümpeln verzagt, soll drei Kisten aufstellen. Eine für Dinge, die in den Müll gehören. Eine für Trödelmärkte, Kleiderspenden etc. Und die dritte Kiste für Wackel-Kandidaten. Wenn man das umstrittene Objekt ein Jahr lang nicht herausgenommen hat, muss es weg. Mein Mann willigt knurrend ein, nachdem ich geschworen habe, dass die Kiste klimatisiert ist.

Noch 358 Tage, zähle ich eine Woche später selig, dann fliegt das Monstrum raus. Die Kiste ist fernöstlich weise, sie vereint Loslassen und Festhalten, Sicherheit und Freiheit, erleuchtet es mich. Ich plane zehn weitere Kisten voller antiker Gitarren-Kabel, Audio-Kassetten, Altrocker-CDs. Endlich werde ich meditieren, in klösterlichen Räumen, neben meinem Kieselstein …

… da stelzt ein großes, fast quadratisches Stück Leder ins Wohnzimmer. Auf den zweiten Blick steckt darin meine zarte Tochter, verzückt: „Darf ich die zur Schule anziehen? Die ist voll retro!" Mein Mann nickt triumphierend, hält eine Rede über „Klassiker und Qualität".

Kennen Sie „Jack in the Box"? Dieses Spielzeug-Teufelchen, das immer wieder aus der Kiste springt? Wir werden niemals in ruhigen, leeren Räumen wohnen. Lassen wir die Magazin-Frauen ihre stillen Wohnoasen zelebrieren, während echte Frauen die Tollhäuser hüten. Nennen wir es: Feng Hui! Oder: Leben …

Umzugskiste, Baumarkt, 2,95 €

(10.3.2018)

Kann man Eulen waschen?

Irgendwann kam das Gerücht auf, Alltag sei eine öde Angelegenheit. Wer das behauptet, darf meine Waschküche besuchen. Schon der Weg dahin ist abenteuerlich. Täglich frage ich mich, ob der Holzwurm, der vor Jahrzehnten in unsere Kellertreppe kroch, inzwischen ausgerottet ist oder ob ich bald mitsamt der Treppe in die Tiefe stürze. Und wie tief eigentlich? Die Risse im Estrich hat der Bergbau hinterlassen, als er wie ein Riesenmaulwurf den Boden unter Baerl aushöhlte. Wenn ich unglücklich falle … ende ich im Erdkern?, grübele ich gewohnheitsmäßig. Aber das nur nebenbei. Die große Frage lautete gestern im Keller: Kann man Eulen waschen?

Die Eule, die ich meine, ist 1,60 Meter lang, himmelblau mit einem weißen Bauch aus Fleecestoff. Meine Tochter hat sie Karneval getragen. Ein gutes Kostüm, aus mütterlicher Sicht. Warm und besser als bauchfrei. Marsha ist weiter jeck und nutzt es bei Kälte als Kuschel-Hausanzug. Es kommt vor, dass ich neben einer 1,75-Meter-Eule auf dem Sofa sitze und Germany's Next Topmodel gucke. Wobei ich überlege, dass man den bloßgestellten „Meeeedchen" auch eine Eule überziehen sollte.

Unsere muss nun in die Wäsche. Das Kostüm kommt aus Taiwan und wenn ich nicht aufpasse, schrumpft es zum Käuzchen. Damit mein Alltag nicht zu öde wird, hat der Hersteller ein winziges Wäscheschildchen in einer Stofffalte versteckt. Wer aus der Luft Mäuse erspäht, könnte sowas entziffern. Womöglich liegt es an den Bergbau-Rissen im Boden, ich spüre einen Abgrund: Muss ein blödes Wäscheschildchen mir mit grundloser Boshaftigkeit die Vergänglichkeit vor Augen halten? Ich weiß auch ohne Brille, was zwischen den Zeilen steht: „Gar nicht lange her, dass du mich mit bloßem Auge lesen konntest! Nun musst du sogar in den Keller eine Brille legen! Rauf dir ruhig die grauen Haare!"

Na warte! Ich gehe ans Kellerfenster, kneife die Augenlider zusammen und erkämpfe mir eine verschwommene Info: „30°". Die Risse im Boden schrumpfen. Dafür merke ich, dass ich beobachtet werde. Durchs Kellerfenster glotzen die vier Fasane, die sich im Garten eingenistet haben. Noch so ein ungelöstes Problem. Obwohl … Was wäre, wenn ich mit dem Eulenkostüm raus ginge und ein bisschen „Buh!" sagte? Wäre das nicht eine bio-öko-korrekte Methode, den Fasanen höflich nahezulegen, dass wir keine Hühnerfarm haben wollen? Fieberhaft wie sonst die Thriller von Fred Vargas studiere ich das Waschmaschinen-Handbuch, Kapitel „Schonwäsche". Was ich da lese?, fragt mein Mann. Ich erkläre ihm, dass ich eine taiwanesische Eule vor einer deutschen Waschmaschine retten muss, um eine Hühnerfarm in unserem Garten zu vereiteln. Das Übliche, sagt mein Mann. Ich stimme zu. Alltag eben.

Eulenkostüm, Internet, 39 €

(24.3.2018)

Der kleine Gatsby

Stellen Sie sich einen offenen Oldtimer vor, der hupend über eine Landstraße fährt. Die Hupe ist so verrostet, dass sie röchelt. Genau dieses Geräusch weckt uns nun jeden Morgen um sechs. Leider kommt es nicht aus einem antiken Fahrzeug, sondern aus einem traurigen Fasan.

Morgens um sechs ist mir die Stimmung von zugeflogenen Hühnervögeln piep-egal. Ich werde ungern von Hupen geweckt. Auf die Gefahr hin, dass mich der BUND und alle fleißig Singvögel zählenden Gartenbesitzer zum Abschuss freigeben: Ich werde auch nicht gerne von Amseldrosselfinkundstar wachgezwitschert. Die Evolution könnte den Tieren mal mitteilen (von mir aus auch twittern), dass es elektrisches Licht gibt und nicht jeder Sonnenaufgang gefeiert werden muss. Das kann man Dichtern überlassen, in aller Stille.

Apropos: Anfangs hatte ich im Halbschlaf die literarische Vorstellung, der große Gatsby würde mit seinem 20er-Jahre Rolls-Royce hupend in unsere Einfahrt biegen, sah aber statt Robert Redford den rotgesichtigen Fasan im Garten, laut jammernd. Immerhin leidet er unter ähnlichem Liebeskummer wie Gatsby. Drei von seinen vier Hühnern haben ihn offensichtlich verlassen. Was mich mit Häme erfüllt. Der Harem im Garten erschien mir frauenfeindlich, auch wenn jetzt womöglich sogar Alice Schwarzer mit den Augen rollt.

Nach einer Woche voller Weckrufe riss die Geduld: „Du musst handeln!", erklärte ich meinem Mann. „Wieso ich?" Fasane sind Wildtiere, bestimmte ich, also irgendwie Männersache. Wenn es um knifflige Aufgaben geht, nehme ich die Gleichberechtigung nicht so genau. „Ich mag die Fasane!", bockte mein Mann. Er hat in seiner Jugend zu viel „Daktari" gesehen. Wie alle kleinen Jungs aus den 60ern wollte er Wildhüter werden. Warum nicht hinterm Jägerzaun? Haben Sie schon mal bemerkt, dass die meisten abgewanderten Großstädter stolz sind auf die Fauna in ihrem Garten? Von wegen spießiges Dorf-Idyll. Man ist aufs Land gezogen, um näher an der Steppe zu leben. Wir lieben Weite, wenn sie nicht zu weit ist … von der Autobahn in die City.

Leider macht unsere Wildnis mehr Krach als die A42. „Ich könnte den Tierschutzverein anrufen", grübelte ich laut: „Die bringen das Pärchen in ein schönes Freigehege, wo es in Ruhe brüten kann …" Mein Mann blickte finster drein, die Augen wurden dunkel wie der Lauf einer Schrotflinte: „Finger weg von meinem Fasan!" Da fiel mir ein: Wo sind eigentlich die drei anderen Hühner geblieben. Weggeflogen? Oder haben wir einen Fuchs? War das gar der Wolf, der neulich in Walsum gesehen wurde? Mein Mann stürmte raus. Ich sah noch, wie er irgendwas Khakifarbenes überzog …

Weidezaun, Komplett-Set, 299 €

(7.4.2018)

Sieg und Schweigen

Den meisten Frauen ist bei der Hochzeit nicht klar, was sie erwartet. Bei mir waren es 8000 Watt und zehn Gitarren, die ich unterschätzt habe. So ergab sich nach 22 Ehejahren ein akustisches Drama, bei dem vier antike Röhrenverstärker fast zu Tode gekommen sind.

Der Abend begann wieder mit einem Tosen aus der Küche. Das produziert unsere Tochter, die gern Bananeneis isst. Keine freundlich-weiche Masse von Langnese, sondern steinharte Früchte aus der Tiefkühltruhe. Mit 110 Dezibel jault der Pürierstab minutenlang im Kampf gegen die Bananen-Klötze. Dann poltert das Kind mit Dr. Martens über unsere hallenden Holztreppen. Diese Boots sind die Rache der Punks an der Gesellschaft. Die Sohlen erzeugen mehr Erdbeben als der Bergbau, sie sind Hausfriedensbruch zum Schnüren. Irgendwann werden die Boots von Bluetooth-Lautsprechern übertönt. Unser Sohn muss im Bad voll aufdrehen, weil er sonst beim Haareföhnen seine Musik nicht hört.

Sind die Kinder endlich auf der Rolle, rockt und rollt Papa. Inzwischen spielt er seine E-Gitarren über vier(!) Röhren-Verstärker. Die Menge habe keine Wirkung auf die Lautstärke, beruhigt er mich. Sie schärfe nur den Klang. Ich sitze zwei Etagen tiefer und nicke. Der Klang ist so scharf, dass er sich durch Eichenbalken und Mauern und meine Schädeldecke fräst. Vielleicht ist das Haus in all den Jahren mit meiner Polter-Familie auch dünnwandig geworden. Ich rufe rauf: „Geht das leiser?“ Die Bitte zerschellt an einem Wall aus Gitarrensounds. Ich stampfe hoch (leider ohne Dr. Martens), brülle: Leiiiiiiser! Der Mann rockt, Schallwellen tragen meine Worte nach Holland, wo sie in einer Gracht ersaufen. Da sehe ich den roten Schalter. Für die Steckerleiste. So muss sich Kim Jong Un am Atom-Knopf fühlen. Eine Basswoge schubst mich, ein hohes Fis raubt mir die letzten Sinne, ich drücke rot. Stille! Eine Milli-Sekunde genieße ich Sieg und Schweigen. Doch die Stille ist anders als das neblige Nichts, das wir mal in Schottland genossen haben. Es ist eine schwarze, klaffende Stille. Mein Mann blickt wie Keith Richards am Morgen nach billigem Whisky, sinkt vor den Verstärkern nieder und haucht: „Dahin! Die Röhren ruiniert – vom brutalen Abschalten!“

Meine Schuldgefühle sind größer als die Boxentürme von Pink Floyd. Ich stammele was von „nie wieder meckern …“. Der Mann schweigt wie erloschen, ich schleiche raus. Ob es ihn versöhnt, wenn ich ihm ein turbolautes Bananeneis püriere? Da explodiert gegenüber das Stahlwerk. Nein, es ist die E-Gitarre an vier quicklebendigen Verstärkern. Doppelt so laut wie vorher. „Nie wieder meckern!“, höre ich einen Refrain. Waren die Röhren jemals in Gefahr? Ein leiser Verdacht …

Röhrenverstärker, ebay, ab 400 €

(21.4.2018)

Wenn das die Nachbarn sehen ...

Es gehört zu meinem Alltag, dass ich beklaut werde. Von Mann und Kindern. Im Augenblick sind meine Einkaufstaschen das liebste Diebesgut. Ich besaß mehrere ökologisch vorbildliche Baumwollbeutel. Weil ich ein Fitzelchen Welt retten möchte und keine Plastiktüten mehr kaufe. Wenn Sie trotzdem noch Mikroplastik in Ihrem Fischfilet haben, ist daran auch meine Familie schuld. Alle Öko-Taschen sind unterwegs mit Ballettschuhen, Kampfsport-Anzügen oder Zigaretten, die mein (beinahe nichtrauchender) Mann von der Tankstelle ins Haus schmuggelt. Während ich an der Kasse im Supermarkt stehe und im Einkaufskorb ins Leere greife. So muss ich den gewaltigen Wochenendeinkauf durch den Kofferraum kullern lassen, hinterher einen Schlammteppich aus geplatzten Joghurts und zermalmten Trauben beseitigen. Oder lieber fernsudeln im Atlantik und doch Tüten kaufen?

Vor vier Wochen erlebte ich zur Abwechslung eine wundersame Einkaufstaschen-Vermehrung. Neben meinem Weidenkorb, der einst drei Baumwollbeutel beherbergte, stand ein hoher schwarzer Korb. Nach der ersten Freude über einen Zuwachs, wo sonst immer nur Verlust ist, kam mir der Korb peinlich bekannt vor. Es war einer dieser neuen Rollkörbe, die man im Supermarkt hinter sich herzieht. Und die man an der Kasse verflucht, weil man aus Bodentiefe alles aufs Band hieven muss. Eine dieser nur-auf-den-ersten-Blick-praktischen-Erfindungen. Wie sie bloß Männer machen, die nie für eine ganze Familie einkaufen.

Meiner dagegen kauft gerne für die Familie ein, die in seiner Vorstellung seit Wochen nichts gegessen hat. So erklärt es sich, dass er jedesmal, wenn er „nur eben eine Melone“ holen soll, einen dieser Rollkörbe für den Midi-Einkauf greift. Es erklärt nicht, wieso dieser Korb nun in meiner Küche stand. Mein Mann wirkte zerknirscht. Weil er ja vorher nie ahnt, dass der Einkauf ausufert, lagen meine (!) Baumwollbeutel im Kofferraum. Als er die Lebensmittel dort umpacken wollte, habe es plötzlich geschüttet und er musste den vollen Korb reinwerfen. Das Aggressionspotenzial des Regens sei ungewöhnlich gewesen. Harte, spitze Tropfen, die aus allen Himmelsrichtungen angriffen. Die Naturgewalt hatte meinen Mann zum Diebstahl des Korbes genötigt! Den er natürlich zügig zurückbringen werde. Ich ertappte mich bei einem Gedanken, den ich nie haben wollte: Wenn das die Nachbarn gesehen haben! Die müssen doch glauben, in unserem Keller stapeln sich Hotel-Bademäntel, Ikea-Bleistifte, Silberbestecke von Buffets …

Und ausgerechnet an diesem kleinbürgerlichen Abgrund endet die Zeitungsseite. So kann sich erst nächste Woche herausstellen, ob wir wieder auf den rechten Weg gefunden haben. Wäre nett, wenn Sie uns bis dahin nicht bei Edeka verpfeifen …

Fortsetzung, NRZ am 11.8., 2,10 €

(4.8.2018)

Zu viele Mammuts und null Bock

Vorige Woche musste ich den Text aus Platzmangel unterbrechen, knapp vor einem Abgrund: Mitten in meiner braven bürgerlichen Küche hatte ich Diebesgut entdeckt. Hereingekarrt von meinem Mann! Bald stellte sich heraus, dass der Rollkorb vom Supermarkt nur in Notwehr geklaut war. Ein Unwetter hatte den Mann angegriffen, er musste alles schnell verstauen und fliehen. Und jetzt? War Samstag, 22 Uhr, der Supermarkt geschlossen und wir standen betreten um einen illegalen Korb. Die Kinder blickten pikiert, ihr Schweigen sagte: Habt ihr uns nicht dazu erzogen, fremdes Eigentum zu respektieren? „Montagmorgen bringe ich ihn zurück", schwor mein Mann.

Na gut, war ja bloß ein Einkaufskorb. Viel Luft mit Plastik drum, eine unbeholfene Leihgabe, betonte ich. Auch weil die Kinder jetzt fröhlich darauf herumritten, dass sie aus einem sozial bedenklichen Elternhaus stammten. Am Montag wäre das Delikt aus der Welt.

Am folgenden Freitagabend öffnete ich den Kofferraum meines Mannes und fand: den Rollkorb! Niemand kann gezielter vergessen als Männer. Weil sie Wichtigeres zu tun haben. Welt retten, Familie ernähren und natürlich Bier und Grillkohle besorgen. Neben dem Rollkorb stand eine Tasche mit Pfandflaschen, die mein Mann seit drei Wochen abgeben will. Die Medizin ignoriert diese spezielle Männer-Amnesie. Sie betrifft den Teil des Gehirns, der für Lästiges zuständig ist. Soziologen würden das wieder mit Jagd-Pflichten aus der Steinzeit begründen. Ich weiß, dass es weniger mit Mammuts zu tun hat als mit null Bock.

Aber jetzt ging es erstmal darum, die Familienehre zu retten. Laden-Zubehör-Diebstahl! Wenn das aufflöge! Die Höchststrafe wäre: Hausverbot! In dem Supermarkt, auf den wir 12 Jahre gewartet hatten, sechs Kilometer vom nächsten Discounter entfernt! Ich sprang in das Auto meines Mannes und gab Gas. Ich würde den Korb vor die Eingangstür schmuggeln. Vielleicht mit einem Begleitschreiben? Dass wir ihn sachgerecht gelagert hatten. Sollte ich nochmal drüber wischen?

Nicht bedacht hatte ich, dass der Supermarkt bis 21 Uhr geöffnet war. Gerade nahm ich das fremde Eigentum aus dem Kofferraum – da trat einer der Angestellten aus der Tür.

Was sagt man in so einer Situation. Viel! Ich hielt Vorträge über anhängliche Körbe und überlastete Männer, erwog, die Kolumne der vorigen Woche zu zeigen, als Beleg, dass es ein öffentliches Bekenntnis unserer Schuld gab.

Der junge Mann lächelte und erklärte, das passiere oft. Nett, wenn mal einer zurückgebracht würde.

Peinlich. Wir waren Durchschnitt. Nicht Bonnie und Clyde. Eher Hotzenplotz. Mein Blick fiel auf einen schicken kleinen Gabelstapler im Getränkelager, er war unbewacht …

Einkaufskorb, Supermarkt, 0 €

(11.8.2018)

Eine Freundin! Eine Festung!

Vielleicht erinnern Sie sich an den Radio-Hit „Tie a yellow ribbon …“. Als Schulkind hat er mich beeindruckt. Die Musik ist austauschbar, aber der Text erzählt eine hübsche Geschichte. Meine Mutter hat ihn mir damals übersetzt: Ein Mann wird nach Jahren aus dem Gefängnis entlassen und schreibt seiner Liebsten. Wenn Sie ihn noch mag, soll sie ein gelbes Band um die alte Eiche binden. Als er mit dem Bus in den Ort einbiegt, jubeln alle Mitreisenden: Da sei eine Eiche, über und über geschmückt mit gelben Bändern! Neulich fiel mir das Lied wieder ein, es ging allerdings nicht um Romantik und gelbe Bänder, sondern um Reife und blaue Jacken. Jeansjacken begleiten mich seit der Teenie-Zeit. Die Jacke wärmte auf dem Mofa, in die Taschen passte genau ein Päckchen Samson und sie trocknete die schwarzen Tropfen aus verlaufener Wimperntusche, wenn irgendein lebenswichtiger Typ nicht angerufen hatte. Die Jeansjacke war der beste Bodyguard in jedem Urlaub, robuster als diese überzüchteten Outdoor-Jacken. In vollen Interrail-Zügen diente sie, Kragen hoch!, als Einzelzimmer, am Strand als Kopfkissen und einen Lebensabschnitt weiter konnte man sie notfalls als Wickelunterlage fürs Baby benutzen. Mal waren die Modelle kürzer, mal länger, mal dunkler oder heller. Doch sie blieben immer: Eine Freundin! Eine Festung! Und natürlich bildhübsch. Dieses Blau …

Mit den Jahren lebten wir uns auseinander. Manche Termine verlangten den konservativen Erzfeind – einen Blazer. Ich verriet sie sogar für eine von diesen angeblich unersetzlichen Softshelljacken, die aussehen wie ein Stück Taucher. Zuletzt habe ich mir 2016 eine Jeansjacke gekauft. Verwaschen, mit Stretch und figurbetont. Schon das nahm ich ihr übel. Die klassischen Jeansjacken ließen die Figur in Ruhe. Ich stand vor dem Spiegel, 51 Jahre alt, und fand, dass wir nicht mehr zusammenpassten. Fühlte mich wie eine 100-Jährige mit Leopardenleggins … Ich schenkte die Jacke schnell meiner Tochter.

So wäre eine lange Beziehung traurig zu Ende gegangen. Wenn ich nicht neulich unterwegs zur Gartenparty gefröstelt hätte. Plötzlich sah ich sie an der Garderobe, von meiner Tochter vergessen, ach, dieses Blau. Sie zwinkerte mir zu: Wie wär's? Ich fragte meinen Mann, ob ich zu alt sei für Jeansjacken? Der zeigte mir einen Vogel. Alt? Dann wäre er ja umso älter … Kein gutes Argument. Da hielt ein Mofa, darauf saß – ich, 16 und wütend: „Niemand schreibt mir Klamotten vor!“ Ich zog die Jacke über, passte. Hoffentlich …

Auf der Party waren ungefähr zwanzig Gäste, lauter Fuffziger wie wir. Und alle, ungelogen ALLE Frauen trugen – blaue Jeansjacken. Es war sicher Zufall, dass in dem Garten eine alte Eiche stand.

Jeansjacke, H&M, 29,90 €

(25.8.2018)

Schneller Wohnen

Vor zwei Wochen überfiel mich eine innere Ruhe. Ich saß im Sessel, musterte das Wohnzimmer, die Möbel, Wandfarbe, Bilder … und kam zu einem seltenen Ergebnis: Alles war gut so. Das teilte ich meinem Mann mit, der die Stirn fast hörbar runzelte: Kein Anstrich? Keine neuen Stühle? Ich nickte weise. Das Um-Stylen sei eine moderne Plage. Schlimm genug, dass man dauernd seine Garderobe neu kaufen soll. Inzwischen kleiden Frauenmagazine auch die Wohnung für jede Jahreszeit anders ein. Als wären die Möbel vierbeinige Topmodels, die kreischen: nix anzuziehen! Schon apportiert man Kissen, Kuscheldecken, Vasen. Ab sofort gefälligst in herbstlichen Aubergine-Tönen. Schneller Wohnen? Ohne mich.

So ging ich frei von Hintergedanken mit den Kindern zum Antiktrödelmarkt in Düsseldorf. Bisschen bummeln, ein Buch kaufen … Da stand sie! Die original 50er Jahre-Lampe, verchromt, mit drei technicolor-bunten tütenförmigen Schirmen. Der Designer hatte bei der Arbeit sichtbar gute Laune gehabt. Der Preis war reinstes Wirtschaftswunder, schnell ins Auto damit.

Zu Hause stellte ich das Schnäppchen vor die blaue Wand. „Cool", sagten die Kinder. Die sehr lebensfrohen Retro-Farben wummerten ins Auge. Mein Wohnzimmer wirkte eingeschüchtert. Ich kämpfte gegen die Vorstellung, dass gleich Peter Kraus und Conny Froboess in Badehose hereintanzten … Stattdessen kam mein Mann von der Arbeit und stand verzückt im Türrahmen. Einen giftigen Augenblick lang überlegte ich, ob er mich bei der ersten Begegnung ebenso elektrisiert angesehen hatte. „Sie ist womöglich nicht die richtige …", hob ich an. Doch der gleiche Mann, der seit einem Jahr die Deckenlampe im Flur reparieren soll, wühlte bereits im Keller nach einem Stecker. Der vorhandene war original 50er und unser Rauchmelder räusperte sich schon.

Eine Stunde schraubte und friemelte mein Mann, dann leuchtete das Wohnzimmer wie der Broadway persönlich. Wir blinzelten. „Ob das so ideal ist", zweifelte ich, während mein Mann im Internet warmweiße LED-Birnen und einen Dimmer bestellte, ungefähr so teuer wie die ganze Lampe. Spätestens als die Luxus-Birnen eingeschraubt und gedimmt waren und sich meine Familie mit lauten „Aaahs" und Ooohs" und strahlenden Augen um die Lampe versammelte, wurde mir klar: Bunte Lichter … Chrom, glitzernd wie Lametta … ich hatte einen Ganzjahres-Weihnachtsbaum gekauft. Eine Festbeleuchtung, die alle ins Herz schließen. Der Zeitpunkt, der Lampe einen anderen Platz zu suchen, war verpasst. Ich sank in den Sessel, musterte den Raum. Wir müssten einige Wände neu streichen, Stühle auswechseln, Bilder anpassen. Und ich hatte nix anzuziehen. Man trägt wieder Petticoat, in unserem Wohnzimmer.

Tütenlampe, Antikmarkt, 60 €

(29.9.2018)

Kongo, mindestens

Jaaaa, ich weiß. Schon bei der Geburt ist klar, dass die Kinder eines Tages aus dem Haus gehen. Aber müssen sie gleich ans Ende der Welt flüchten?

Unser Dorf ist bald entvölkert. Im Supermarkt treffe ich oft die Eltern, mit denen ich einst am Kindergarten stand oder vor dem Tor der Grundschule. Und immer höre ich die gleiche Geschichte. Nach dem Abi wollen die Blagen los. Australien. Fidschi. Wenigstens Kanada … zum Arbeiten, Studieren oder einfach Weltenbummeln.Verständlich. Nur manchmal frage ich mich leise und uncool, ob alle so furchtbar früh und so furchtbar weit weg müssen.

Unsere Tochter, die jetzt Abitur macht, liebäugelt täglich mit einem anderen Kontinent. Vorige Woche war es ein Kellner-Job auf einem Pazifik-Dampfer, davor Entwicklungshilfe im Kongo. Dagegen erscheint es halb so wild, dass unser Sohn (20) nun für sechs Monate nach Lübeck aufgebrochen ist. Praktikum. Fürs Studium. „Lübeck …“, dachte ich, als er zum ersten Mal davon sprach, „Lübeck ist besser als Kongo.“ Mir fiel Thomas Mann ein und Niederegger-Marzipan. Das klang für mein Glucken-Gehirn überschaubarer als afrikanische Bürgerkriege.

Wobei … Direkt vor Lübeck lauert die Ostsee. Während Joey seine Reisetaschen packte, erinnerte ich mich an einen Herbsturlaub in Zingst. Wir mussten unseren damals Zweijährigen ständig umziehen, weil er sich ins Wasser stürzte wie ein Labrador-Welpe. Ich informierte unseren Sohn, dass „die Ostsee nicht zu unterschätzen“ sei. Er erwähnte, dass er nun groß genug wäre, um nicht von einer 20 Zentimeter hohen Ostsee„welle“ überspült zu werden. Ich entschied, Lübeck weiter sympathisch zu finden.

Bis ich feststellte, dass die nette Hansestadt 422 Kilometer entfernt liegt und sich damit irgendwie doch als weite Welt aufkröppt. 422 … das sind beinahe 500 Kilometer … fast so weit wie London oder Paris! Mein Mann fand, es sei an der Zeit, mich zu bremsen. Der Junge werde 21 und müsse mal raus. Außerdem könne er endlich Joeys Dachgeschoss beziehen und pausenlos Gitarre spielen, yeah!

Am Abreisetag stand der coole Vater eine Stunde früher auf, um Joey „nochmal sein bestes Rührei“ zu machen. Er trug die Taschen ins Auto. Ich meine sogar, er sagte was über die unberechenbare Ostsee, während ich ein Tempotuch holte, zum Winken und heimlich Schniefen. „Spielst du nicht Gitarre?“, fragte ich abends. Der Mann saß still auf dem Sofa. Ich gesellte mich zu ihm und wir beantworteten die „Bin gut angekommen!“-Nachricht sehr ausführlich. Mit WhatsApp ist Lübeck gar nicht sooo weit. Unsere Tochter kam vorbei, sah uns und sagte: „Kongo, mindestens!“

Marzipan, Niederegger, ab 3,99 €

(3.11.2018)

Advent, Advent, der Gatte rennt

Alle Jahre wieder muss man Männer scheuchen. Wenn die Tage kürzer werden, der Grill verloschen ist und draußen das Bier im Kasten gefriert, versinken die meisten Herren tief und traurig im Sessel. Dann ist es an der Zeit, dass die Ehefrau ihrem Klischee gerecht wird, meckert und Fitness predigt. Ich habe diesmal übertrieben: Wir joggen!

Kann doch keiner ahnen, dass der Mann folgt. Meine Versuche, die Gesundheit des Gatten zu überarbeiten, sind ein Advents-Ritual wie Winterreifen aufziehen und Glühwein trinken. Normalerweise erträgt er die „Tu-mal-was-für-dich"-Tiraden ungerührter als ein Räuchermännchen. Und qualmt dabei genauso trotzig. Diesmal holte er die seit drei Jahren nagelneuen Laufschuhe aus dem Keller und sagte: Dann los!

Im Wald wimmelte es von Ehemännern, die aus dem Sessel getrieben schienen. Am besten erkennt man das bei Herren mit Nordic Walking-Stöcken. Sie holen keinen Schwung, sondern erdolchen den Erdboden mit den Spitzen ihres verordneten Sportgeräts. Sie würden lieber mit einem Bierchen auf der Bank sitzen, aber dicht hinter ihnen läuft eine Ehefrau, der ich zutraue, dass ihre Stöcke Elektroschocker enthalten. Bin ich so eine?

Optisch wirken wir gemütlicher: Meine pludrige Jogginghose findet man heute nur noch in der Wellness-Abteilung. Sportler erkennt man am neonfarbenen Plastiküberzug, der angeblich irre atmungsaktiv ist. Mein Mann trug eine Fußballhose vom Sohn, sah aus wie unsere Weltmeister. 1972. Gegen Kälte wählten wir Softshelljacken: „Kälte? Wird das Reha-Sport?", höhnte unsere 17-Jährige und entschwebte zu ihrem „10 Kilometer-Ründchen".

Der Vorteil der Jacke war, man konnte ein Handy unterbringen. Nicht für Power-Musik. Für den Fall, dass einer zusammenbricht, regte mein Mann an. Quatsch. Wir würden nach DAK-Art einsteigen. Zwei Minuten rennen, zwei Minuten gehen. Leider erkenne ich die Zeiger der Uhr nicht. Müsste mit Lesebrille joggen. Oder die Minuten schätzen, die üblichen sind ohnehin zu lang.

Dumm gelaufen: Während es mir reicht, dem Gott der Fitness guten Willen zu zeigen, entwickelte mein Mann Ehrgeiz und sprintete. Ich war nicht mehr die Power-Ehefrau, die ihren Gatten triezt. Nur ein röchelndes Anhängsel. Wie die alten Konserven hinter der Hochzeitskarosse. Lauf vor!, versuchte ich, den Einpeitscher loszuwerden. Wir trainieren doch gemeinsam, schmollte der Mann. Ich wurde langsamer, er schneller. Speiste er sich wie eine Biogasanlage aus meinem Verfall?

Morgen früh mehr!, sagte er. Ich rang nach Luft. Mein Mann sank tief und gar nicht traurig in seinen Sessel. Alle Jahre wieder muss man Frauen bremsen, murmelte er.

Sessel, Ikea, 199 €

(1.12.2018)

Die Kunst des Bummelns

Endlich hatten wir das Bällchenbad für Herren gefunden. Seit zwei Jahren ergibt sich in unseren Urlauben ein Problem: Wohin mit meinem Mann? Da unser Sohn (20) nicht mehr mit uns verreist, ist das familiäre Gleichgewicht gestört. Shoppen in weiblicher Überzahl birgt Konflikte. Diesmal zeichnete sich eine Lösung ab. Wir entdeckten den perfekten Ort, an dem wir Papa über Stunden parken konnten. Klar, auch Männer gehen gerne mal shoppen. Leider beherrschen sie nicht die Kunst des Bummelns. Ein erfolgreicher Einkauf wird an seiner Geschwindigkeit gemessen. „Kauf!", schmettert mein Mann, sobald ich aus der Kabine komme. Als wir uns kennenlernten, dachte ich, es handele sich um romantische Verzückung im Stil eines Richard Gere, der seine Pretty Woman ausstaffiert. Mit den Jahren lernte ich: „Kauf!" heißt: „Kauf, damit wir hier raus können!" Wohin? Weg! Männer in Geschäften erinnern an Pferde in Autoanhängern – nervöse Fluchttiere, die gegen ihren Willen festgehalten werden. Während meine Tochter und ich gerne bleiben, wo hübsche Dinge sind. Wir können stundenlang Pullis und Ohrringe umkreisen. Wir könnten … wenn nicht dieser Mann an der Ausgangstür stünde und Dellen in den Boden stierte.

Waren wir froh, als in der englischen Provinzhauptstadt ein mehrstöckiger Gitarren-Shop vor uns aufragte. Wir witterten unsere Chance. Gönnerhaft gingen wir in den Laden und sahen hunderte Instrumente. „Das ist besser als im Småland bei Ikea", flüsterte meine Tochter. Ich überschlug, wie viel Zeit mein Mann jedes Wochenende mit seinen Gitarren verbringt. „Wir holen dich in vier Stunden ab", flötete ich.

„Och, bitte!" Wir sollten nur kurz zuhören. Okay, fünf Minuten. Er steuerte auf eine gelbe E-Gitarre zu. „Äh … sommerlich!", fiel mir dazu ein. „Yamaha Revstar", lernte ich. Mein Mann spielte drei Minuten und sah glücklich aus. „Dann können wir ja los", verabschiedeten wir uns. „Wieso? Bin fertig!", entschied er, ging zur Kasse und zahlte. Wir versuchten, unser Entsetzen zu verbergen. Da warteten so viele Gitarren … Nö, die sei perfekt, weit unterm Normalpreis, ein Schnäppchen, nein, Schicksal! Er bringe sie schnell ins Auto. Dann dürften wir weiter shoppen. Sei ja ein Familienurlaub, kein Egotrip. Wir nickten gequält. Vielleicht könnten wir Papa mit der Gitarre an den Straßenrand stellen, daneben ein Tellerchen mit ein paar Münzen …

Nein?

Die englische Provinzhauptstadt ist ein Shoppingparadies. Es wimmelt von Läden, in denen man toll stöbern kann. Könnte … Wir mussten nach einer Stunde gehen. Man möchte keine zehn Paar Schuhe anprobieren, wenn in der Ladentür ein Mann steht und Luftgitarre spielt.

Keine Schuhe, England, 0 £

(16.2.2019)

Familie, Fake und Fantasy

Natürlich kichern die Kollegen, wenn sie mich ansehen. Würde ich auch. Wenn mir jemand gegenüber säße, der dunkelgrüne Halbkugeln trägt, wo Haare und Ohren hingehören. Offiziell nennt sich sowas „Schallschutz-Kopfhörer". Dabei ist es ein Nirwana to go.

Als wir in das schöne Medienhaus am Limbecker Platz umzogen, musste ich mir etwas einfallen lassen. Mein neuer Arbeitsplatz liegt in einem Großraumbüro. Wir haben top-ergonomische Schreibtische, gemütliche Sitzecken, tolle Teeküchen, nur eines fehlt mir: unendlich tiefe, geradezu ohrenbetäubende Totenstille. Zugegeben, die ist im Journalismus nicht sinnvoll. Zeitungen entstehen durch regen Austausch. Millionen Telefonate mit Informanten. Das macht Krach. Und meine Kolumne ist so nervös.

Sie mag keine Fakten, Fakten, Fakten. Ich bin in der Wochenendbeilage das Mini-Ressort „Fake". Oder „Familie und Fantasy". Mein einziger Informant bin: ich! Ich setze mich vor einen Bildschirm und lausche den Gedanken, die wie kleine Affen durch meinen Kopf turnen, fange sie ein, zwinge sie in eine manierliche Reihenfolge. Leider sind manche Ideen extrem scheu, dann muss man lauern, viele Stunden, und … mucksmäuschenstill.

In unserem modernen Unternehmen könnte ich sogar in schalldichten „Think-Tanks" arbeiten. Oder mit Laptop zu Hause im Home-Office Kolumnen spinnen. Ochnö … Da sind keine Kollegen! Ich habe nette Kollegen, auch wenn sie über meine grünen Ohren kichern. Im Idealfall würden sie mich ins Home-Office begleiten und sich leise in meiner Nähe beschäftigen. Home-Office ist einsam und endlos. Es gibt da einen schlimmen Chef: mich, 24 Stunden.

Aus Neugierde bestellte ich einen Gehörschutz, wie ihn Muskelmänner am Presslufthammer tragen. Hat auch den Vorteil, dass geistige Arbeit mit diesem Accessoire endlich nach der Maloche aussieht, die sie ist. Als ich den Kopfhörer das erste Mal aufsetzte, passierte etwas Wunderbares: Die Welt war weg! Unglaublich, wie viele Geräusche ein 20-Euro-Headset frisst. Ich hörte keine Telefone, keine Straße. Nur meinen Herzschlag, der sich entspannte. Wie beim Urlaub in Schottland. Wo die Stille erfunden wurde und die leere Landschaft obendrein mit Schafen gedämmt ist. Der Kopfhörer ist ein guter Kumpel. Ich trage ihn auch zu Hause, bekomme nicht mehr mit, wie schwedische Jungfrauen im ZDF-Montagskino zerstückelt werden, kann meiner Tochter leider keine Englisch-Abi-Fragen beantworten und die E-Gitarre meines Mannes klingt wie ein verhallender Tinnitus.

Die halbrunden Kapseln helfen sogar gegen schnarchende Ehemänner. Man muss sie nur behutsam über Mund und Nase andrücken.

Gehörschutz, Baumarkt, ca. 20 €

(13.4.2019)

Noch mehr Urbi et orbi

Als deutsches Brot von der Unesco zum „Weltkulturerbe“ geadelt wurde, fand ich das übertrieben. Klar, Sauerteig ist Kunsthandwerk. Trotzdem reichte mir blasser britischer Toast zum Frühstück. Bis ich diese Bäckerei im Nachbarort entdeckte. Viele Bäckereien sind ja getarnte Fast Food-Läden. Man nehme Holzvertäfelungen mit künstlichen Astlöchern, verknete sie mit Rotweißkariertem und garniere alles mit Schnörkelschrift auf Schiefertafeln. Schon wähnt man sich im Familienbetrieb, vierte Generation. Das Image bröselt, wenn man die Ware kauft, schlimmer noch – isst: „Dat Brötchen is schon Paniermehl, wennet ausser Tüte kommt“, sagt meine Freundin K. über Bäckerei-Ketten.

Vor Jahren entdeckte ich den kleinen Laden am Niederrhein, trat ein und landete in den 70er Jahren. Damals kauften wir bei Frau Urbi, der weißhaarigen Bäckerin in der Duisburger Einschornstein-Siedlung. Die Bäckerei war düster, aber sie duftete nach Rosinen und Hefe. So stellt man sich als Kind den Himmel vor. Jedes Jahr Ostern denke ich, es ist kein Zufall, dass der Papst seinen Segen „Urbi et orbi“ widmet. Für meine Freundin Petra und mich waren es Festtage, wenn wir die acht Groschen für Schokostreuselkuchen von Frau Urbi zusammen hatten. Heute riechen Bäckereien nach der Luft im Brötchen.

An der Theke im Nachbarort fiel es mir wieder ein, Kuchen war mal eine Belohnung und nicht Kontrollverlust im Diät-Plan. Trotzdem probierte ich erst das Dinkelbrot – und konvertierte zum alten Glauben an das deutsche Handwerk. Ich kaute eindeutig auf Weltkulturerbe.

Meine Familie freute sich über die feinen Brote. Bald entwickelte sich Futterneid. Die Bäckerei ist sechs Kilometer entfernt, Nachschub kostet Sprit. Und Qualität spricht sich rum. Oft sind die Brote vergriffen. Also friere ich fleißig ein. Und taue abgezählte Scheiben auf, damit nichts verdirbt. Kaum schaue ich weg, findet eine wundersame Brotverminderung statt. Der Korb ist leer, die Familie schluckt, keiner war’s.

Hole ich ein komplettes Brot aus der Truhe, essen plötzlich alle Pizza. Tage später schimmelt Kulturerbe. Deshalb musste ich die Logistik ändern. Die Kinder behaupten, ich verstecke das Brot. Ich nenne es, „kostbare Scheiben würdig lagern“. Zum Beispiel im Hochschrank, hinter den Cornflakes.

Das sei Mundraub beharren Sohn und Tochter. Ich verweise auf jede Menge Nachschub in der Tiefkühltruhe. Aber der Weg in den Keller ist weit, deshalb meutern die beiden lieber gegen eine Mutter, die ihrer Brut kein Brot gibt. Na und?, erwidere ich hoheitsvoll, sollen sie doch Kuchen essen. Ich kenne da eine sagenhafte Bäckerei …

Dinkelbrot, Geheimtipp, 3,20 €

(20.4.2019)

Ein Pokal für die beste Mutter

Zack, vorbei, wieder zwölf Jahre rum! Unsere Kleine (18) hatte ihren letzten Schultag. Und ich bekam nebenbei ein Abschlusszeugnis als berufstätige Mutter: Sie hat sich stets bemüht, leider oft unentschuldigt gefehlt.

Melancholie geht nach hinten los. Haben wir dich nicht gerade mit der Schultüte vor der Grundschule fotografiert?, seufzte ich, als Marsha ihre Abi-Zulassung zeigte. Das Nicht-mehr-Kind ließ melodramatisch die schmalen Schultern hängen: „Du meinst, die Schultüte, die DU nicht basteln wolltest?" Ich erschrak. Schon weil ich mich nicht erinnern konnte. Schultüte? Da war was Blaues. Mit Fischen? „Meerjungfrau!", knurrte Marsha. Warum hatte ich mich geweigert?

Marsha blickte hohläugig wie ein Waisenkind aus „Oliver Twist": „Weil du an dem Tag arbeiten musstest!" Ich wollte triumphieren, dass Broterwerb für die hungrige Brut eine gute Entschuldigung war. Prompt schilderte Marsha das Ausmaß ihrer traumatischen Erfahrung zwischen Sprühkleber und Goldfolie. Die Schultüten seien im Kindergarten gebastelt worden. Von „engagierten!" Müttern. Sie habe „als Fünfjährige!" buchstäblich mutterseelenallein dazwischen gesessen und die Tüte selbst gefertigt. Nach ihrem Tonfall hatte sie das Geld fürs Material vorher im Bergwerk erarbeitet. Mir dämmerte was.

Anfang des Jahrtausends entwickelten sich Schultüten zum Kultobjekt. Scharen von berufstätigen Müttern wollten die ganze Liebe, die sie ihrem Nachwuchs durch egomane Selbstverwirklichung vorenthielten, mit Turbo-Tüten ausgleichen. Wenn das Kind damit vor der Schule stand, sollte es gebastelte Geborgenheit spüren. Die Schultüte war ein spitz zulaufender Pokal für mütterliche Hingabe. So kam es zu gold-strotzenden 3-D-Panoramen aus Pappe, Prinzessinen, Piraten … kreativ überbordend wie eine Bewerbungsmappe für Folkwang. Möglich, dass ich arbeiten ging, um Marsha die Schande einer gestümperten Handarbeit zu ersparen. Das ist ein schöner Effekt der Berufstätigkeit: Die Kinder erleben nicht jeden Makel mit. Durch Abwesenheit glänzen … damit retteten Väter schon immer ihren Helden-Status.

Marsha hat damals eine tolle Meerjungfrau auf Pappe hingekriegt. Und werkelte weiter. Ihr Zimmer sieht heute noch aus, als maloche sie an einer Schultüte. Überall Kleber, Farben, Stoffreste. Selbst ihr ewig lästernder Bruder findet, sie müsse „was Kreatives" studieren. Mein Gewissen pestet: Sie bewältigt durch exzessives Basteln das Trauma der verweigerten Tüte.

Und mein armer Sohn? Wie sah seine Schultüte aus? Wer hat sie angefertigt? Er zuckt die Achseln, keine Ahnung, dann grinst er selig: war Weingummi drin! Na bitte, die inneren Werte überdauern. Ein gutes Abschlusszeugnis.

Weingummi, Supermarkt, 0,99 €

(4.5.2019)

Muttis Rache

Die nächste Wohnzeitschrift, die mir „Mega-Lösungen für den Mini-Flur“ verspricht, werde ich in Brand stecken. Die Verfasser sind die wahre Lügen-Presse. Sie wohnen allein in opulenten Altbauten an der Alster, durch ihren Flur streift höchstens mal eine Rassekatze. Das Thema verdient mehr Sachverstand. Der Flur, besonders der kleine, ist das Zentrum mütterlicher Verzweiflung, an der Garderobe eskaliert der Generationen-Konflikt.

Sie müssen wissen, ich bin vom Fach! In meiner Jugend jobbte ich als Garderobiere in der Eishalle. Ende der 70er Jahre waren Schlittschuhbahnen so belagert wie heute das Centro. Ich wuchtete Jacken im Akkord. Bald war alles voll, wir bestückten die Haken drei- und vierfach, bis dicke Textil-Wülste entstanden. Einmal brach eine Fünf-Meter-Stange unter der Last. Seit dieser Erfahrung träume ich von der minimalistischen Garderobe. Ein Trenchcoat hängt im Flur, einsam und dekorativ wie das letzte Blatt am Herbstbaum …

Statt des Schöner-Wohnen-Flurs bekam ich eine Familie. Schlimmer: meine Familie. Die benimmt sich wie eine überfüllte Eishalle, häuft Klamotten über Garderobenhaken, als wollte sie ins Guinness-Buch. Solange die Blagen im Wachstum waren, half mir die natürliche Auslese. Kaum hatte man eine Jacke an der Kasse bezahlt, schien sie schon wieder zu klein. Bald fraß sie der Altkleidersack. Vielleicht bin ich die einzige Mutter, die sich insgeheim freute, dass Kinderkleidung schneller vergeht als eine Magnolie.

Nun wachsen die Kinderlein (18 und 21) nicht mehr, und meiner Garderobe droht der GAU. Kleine Kinder, kleine Sorgen. Große Kinder, große Jacken. Obendrein entdeckt unsere Tochter ihr Herz für nachhaltige Kleidung und kauft zu Spottpreisen in Secondhand-Läden. Am liebsten schwere Wollmäntel, die so viel Platz brauchen wie ein Kleinwagen. Täglich flehe ich: „Packt die Winterplörren weg!“ Die monotone Antwort lautet: „Wir benötigen sie – alle!!“ Sucht diese Generation, die ständig am kalten, glatten Smartphone klebt, nach Geborgenheit? Sind die vielen Jacken ein Ersatz für die kuscheligen Eckkneipen, in denen wir einst lungerten?

Gestern habe ich gezählt: An die 90-Zentimeter-Garderobenstange waren 17(!) Jacken gehängt, gestopft, gewickelt. Drunter hatte jemand mit Schuhen gekegelt, 24 Einzelstücke lagen kreuz und quer. Ich stolperte über einen Dr. Martens, oder er hat Beinchen gestellt, die Marke ist leicht aggressiv. Mein Kopf knallte vor das Treppengeländer, plötzlich sah ich klar: Einen Wäschekorb, in den 24 Schuhe und 17 Jacken passen. Und der mit Schmackes die Kellertreppe runterfliegt. DAS, liebe Kollegen von der Wohnzeitschrift, genau DAS ist Muttis Mega-Lösung für den Mini-Flur!

Wäschekorb, Kaufhaus, ab 4,99 €

(11.5.2019)

Kijidingsda für alle

Heute äußere ich mich polemisch zu einem Thema, von dem ich keine Ahnung habe. Im Internet ist das normal und Alpha-Männer machen es seit Jahrtausenden so. Daher verkünde ich ohne Skrupel meine faktenfreie Einschätzung zum desolaten Datenschutz in Deutschland und fordere: Gebt die Privatsphäre endgültig für alle frei!

Mein Zorn flammt vierteljährlich auf, wenn ich in einer beliebigen Arztpraxis stehe. Man könnte röchelnd verenden, die Sprechstundenhilfe würde dem Kadaver zurufen: „Ich brauche erst das Kärtchen!" Warum muss ich immer wieder beweisen, dass ich versichert bin? Wir leben in einer drastisch vernetzten Welt. Trotzdem sollen wir dauernd die gleichen Unterlagen apportieren. Ist es das letzte Aufbäumen der preußischen Bürokratie gegen Big Brother? Die Kindergeldkasse quengelt ständig, ob meine Blagen tatsächlich noch in der Ausbildung sind. Die private Krankenkasse meiner Eltern will monatlich die immer gleiche Pflegeheimrechnung vorgelegt bekommen. Können die Computer das nicht längst untereinander regeln? Alexa? Siri?

Wenn ich solche Ideen bei Behörden oder Krankenkassen vortrage, tritt nahezu religiöse Stille ein und alle raunen: DATENSCHUTZ! Schön, wichtige Sache, die Privatsphäre. Hören Sie Google giggeln? Man muss kein Verschwörungstheoretiker sein, um zu ahnen, dass Amazon und Payback mehr über unser Leben wissen als früher der Nachbar mit dem Kissen im Fensterrahmen. Ja, wir haben bergeweise Datenschutzverordnungen unterschrieben. Die helfen. Wenn man die Festplatte damit umwickelt und ein Streichholz dranhält. Ja, wir schützen unsere Computeraktivitäten mit immer absurderen Passwörtern. Und prompt hackt wieder ein 14-Jähriger das Pentagon …

Privatsphäre war eine Phase in der Vergangenheit. Nun leben wir im weltweiten Netz. Die meisten nutzen es als Hängematte. Big Brother ist keine Bedrohung, sondern Beschützer. Wir verraten ihm unsere Schuhgröße, teilen alle persönlichen Fotos und füttern ihn mit der Kreditkartennummer. Millionen Fans fiebern mit, wenn Heidi Klum sich auf Instagram ein Kinnhaar mit der Pinzette entfernt. Auch Öffentlich-rechtlich und Privat verschmilzt: Im Ersten schildern vor der Tagesschau wechselnde Menschen detailliert ihre Darmgase, dann beten sie ihre Dankbarkeit für„Kijidingsda Reizdarm" runter wie einst das Vaterunser.

Jeder darf heute immer alles wissen … nur mein Arzt nicht. Nun hab ich doch wieder nachgedacht, mir vergeht die Polemik. War die preußische Bürokratie nicht netter als das klaffende Internet? Kann sein, dass ich in drei Monaten meine Krankenkassen-Karte mit Stolz vorzeige. Als Souvenir aus einer guten alten Zeit, in der man in jedem Quartal wieder ein unbeschriebenes Blatt war.

Streichholz, Supermarkt, ab 0,29 €

(18.5.2019)

Abiball ist nichts für Feiglinge

Immer noch kein Kleid. Der Abiball rückt näher. Wir waren in drei Einkaufszentren, haben hunderte Roben gesehen und keinen Cent ausgegeben. Vielleicht ist das besser so. Gerade habe ich erfahren, was eine Abi-Frisur mit Make-up kostet.

Wieso überhaupt Make-up? Ich musterte meine Tochter. Kam zu dem Ergebnis, dass andere Menschen Unsummen bezahlen, Operationen erdulden und bei Kosmetikern einziehen, um annähernd auszusehen wie reizende 18-Jährige. Und die reizenden 18-Jährigen bepinseln sich für den Ball wie 45-Jährige, die als 18-Jährige durchgehen wollen. „Absurd!“, redete ich mich in Rage, meine Tochter fiel mir ins Wort: Jaaaa, wir seien im vorigen Jahrtausend mit unserer einzigen Jeans und dem Sonntags-T-Shirt zur bescheidenen Fête in der Aula gegangen … aber sie könne ja nix dafür, dass heute im Abendkleid gefeiert würde, und dazu gehöre nun mal eine gescheite Frisur und Make-up.

Ich wagte noch einen Vorstoß zum Thema „gescheite Frisur“. Ob man nicht mit einem schönen Shampoo, ein paar Lockenwicklern … selbst mein Sohn, der wenig Sinn für Styling-Wünsche seiner Schwester hat, jaulte auf. Zugegeben, ich bin eine schlechte Beraterin. Das letzte Mal habe ich mich vor acht Jahren beim Friseur für eine Feier, die Hochzeit meines Neffen, herrichten lassen. „Ein paar dezente Wellen …“, bat ich die Friseurin. Eine Stunde später sah ich aus wie ein Königspudel und verbrachte den Nachmittag joggend im Regen, bis sich die Löckchen beruhigt hatten.

Entsprechend naiv fragte ich in meinem Friseursalon, ob man unserer Tochter „ein bisschen die Haare fürs Abitur machen“ könne. Im Nu war ich umringt von drei Friseurinnen, der Chef eilte dazu. Heiraten ist dagegen ein Klacks. Man zeigte mir Billionen Fotos. Wir blockten einen Termin. Fürs Vorgespräch! Mit Tochter „und Kleid!“. Die Frisur richtet sich nach Rückenausschnitt, Haarfarbe, Haardichte … Mein Vorschlag, die Abiturnote (bei ’nem Einser-Schnitt gibt’s ein Krönchen) einzubeziehen, kam nicht an.

Wir sollten am Festtag mindestens(!) zweieinhalb Stunden einplanen. Zweieinhalb? Es hatte weniger lang gedauert, das Kind zur Welt zu bringen … verkniff ich mir. Zweieinhalb Stunden … ich ahnte beton-artige Skulpturen aus Strass und Strähnen. Regisseur Peter Jackson hat in zweieinhalb Stunden Milchbubis zu Orks schminken lassen. Wahrscheinlich muss ich im Juli mit Schwamm und Gartenschlauch den Liebreiz meiner Tochter wieder herstellen. Der ganze Spaß würde aber nicht mehr als 85 Euro kosten, sagte der Friseur. Ungefähr so teuer war damals mein erstes Auto, dachte ich. Und hörte förmlich, wie mir graue Haare wuchsen – die Abi-Frisur für Mütter!

Abiball-Styling, Friseur, 85 €

(1.6.2019)

Die Wahrheit über Mud Master

Das Leben der modernen Mutter ist ein Martyrium. Behaupten die Weisen der Wellness-Gesellschaft, die Psychologen. Es beginnt mit dem Baby-Blues, steigert sich im Beruf zum Burnout und gipfelt in der „Leeres Nest"– Depression. Dagegen möchte ich eine Beobachtung aus der Real-Familie setzen: Erwachsene Kinder hinterlassen alles Mögliche, aber keine Leere.

Lieber schlammige Laufschuhe. Unser Sohn (21) zeigte plötzlich Interesse an Sandkästen. Als Kleinkind verkrümelte er sich, wenn seine Schwester mit Förmchen suhlte. Im Mai stürzte er sich in ein Ganzkörper-Matsch-Bad. Mit 25 000 Anderen war Joey beim „Mud Masters Obstacle Run" in Weeze – dem größten Hindernis-Rennen der Welt. Früher gab es den Wehrdienst. Heute bezahlt man dafür, sein „eigener Stuntman in einem Actionfilm zu sein", so das Mud-Marketing. Joey kehrte durchgefroren, aber glücklich heim. Er hatte Abgründe, Erdwälle, Strom-Felder bezwungen – nur ein Hindernis überwand er nicht: mich. Ich stand wie Terminator 1-3 vor der Haustür. Niemals käme der triefende Müllsack in seiner Hand über die Schwelle! Joey sagte, er wolle die Klamotten „nur eben in der Badewanne …" – ein Schrei fuhr ihm in die müden Knochen. Stellen Sie sich diesen Schrei greller vor als das Gemälde von Edvard Munch. Mein Schrei fasste 21 Jahre zusammen, er war der kleine Bruder des Burnouts, das ich nicht hatte.

Seit 1998 diente ich artig der sanften Pädagogik „schmutzige Kinder sind glückliche Kinder" und fegte tausend Sandgebirge raus. Nun waren die Blagen groß, die Stollenschuhe verschenkt, Schaukel und Sandkasten abgebaut. Mein Mann und ich richteten uns darauf ein, leise seufzend durch den noch leiseren Garten zu wandeln und uns insgeheim zu freuen, dass der Mohn nicht vom Fußball geköpft war.

Stattdessen tropfte ein Wäscheständer auf dem Rasen. Behängt mit Klamotten, die matschiger waren als die gesamte E-Jugend nach einem verregneten Turnier. In meiner Wanne hätte das für ein Fango-Bad gereicht. Trocknen lassen!, entschieden wir, während der Sohn zur Uni eilte. Auch der Regen kam und ging, die Schlammkruste wurde hart wie Beton. Ich rührte keinen Finger. Das war keine späte Rache. Sondern eine tiefe mütterliche Matsch-Müdigkeit, vielleicht ein Spezial-Mini-Burnout, für das die Psychologen noch keinen coolen Namen haben. Wahrscheinlich wäre irgendwann Efeu über die Wäsche gewachsen. Wenn meine unermüdliche Schwiegermutter sie nicht abgenommen hätte. Eine Woche später lag die Kluft blütenrein in Joeys Schrank.

Es ist viel geschrieben worden über Weeze, aber die wichtigste Nachricht hat gefehlt: Der wahre Mud Master 2019 war Oma M.!

Persil, Supermarkt, 7,99 €

(8.6.2019)

Nie wieder der große Kombi!

Leeres Nest … über diesem Thema brüten offensichtlich jede Menge NRZ-Leser. Viele haben mir geschrieben, weil sie die gleichen Erfahrungen machen: Endlich Urlaub zu zweit, schon klopfen die flügge gewordenen Blagen an – in der Ferienwohnung. Und rennen sperrangelweit offene Türen ein. Gerne mit Freund oder Freundin. Familie wird flexibler. Bloß das Auto bleibt stur.

Sobald sich die Schulzeit dem Ende zuneigt, rechnen die Eltern: Brauchen wir noch den großen Kombi? Unser Mittelklasse-Modell hat uns treu gedient. Kennen Sie diese Kisten, die man auf der Autobahn kopfschüttelnd überholt: Voll bis zum Dachhimmel, die hinteren Fenster beulen sich aus, Kinder klemmen zwischen Stofftieren, Bettzeug und XXL-Proviant-Boxen? Das waren wir.

Als unser Sohn vor drei Jahren eigene Wege ging, wurde der Kombi komischerweise nicht leerer. Das Bruder-Vakuum füllte sich von Zauberhand mit allen englischen Harry Potter-Büchern und 158 anderen Lieblings-Accessoires der Schwester. Für die Anreise nach Italien, ganz ohne Kinder, hätten wir diesmal unendliche Weiten im Kofferraum. Hach, könnte man nicht, gerollt, unsere Matratzen mitnehmen, regte ich an. Die Italiener schlafen ja quasi auf Brettern. Früher hätte mein Mann mit genetischer Überlegenheit erklärt, wie tapfer er bei der Bundeswehr auf nacktem, nassem Boden ruhte. Jetzt griff er sich an die linke Schulter, die den vorigen Toskana-Urlaub torpediert hatte, zögerte … Nein, fing er sich, besser wäre ein kleineres, spritsparendes Auto. Glasklar sah ich einen sehr kleinen, flachen und keineswegs spritsparenden Ford Mustang durch seine Gedanken düsen.

Matratzen oder Sportflitzer, die Träume erledigten sich mit Turboantrieb. Weil unsere Kinder nicht nur beschlossen, uns im Urlaub (nach ihrem Sizilien-Trip) zu besuchen. Sie wollten mit uns heimfahren. Im Kombi! Besser für den Klimaschutz, wenn man nicht fliegt, lernten wir. Ich fürchte, es ging eher um private Kohle-Förderung. Und das familiäre Klima? Zu fünft im Kombi? Unser Sohn bringt ja seine Freundin mit. Die nicht ahnt, welcher Fluch auf der Rückbank liegt. Sobald die Blagen dort Platz nehmen, mutieren sie zu Hooligans. Bis heute. Und so schlank sie alle sind … 1480 Kilometer hinten, zu dritt, plus Gepäck! Joey murrte: „IHR könnt ja mal weniger einpacken!" Schließlich bräuchten SIE viel Zeug für zwei Wochen Sizilien. Irgendwas in mir brodelte wie der Ätna.

Kennen Sie diese Autos, die man kopfschüttelnd überholt: Gemästete Kombis, die mit dem Bauch fast über den Boden schrappen, dicke Dachbox, hinten ächzt ein Gepäck-Anhänger. Das sind wir, demnächst. Ein ziemlich volles Nest auf Reisen.

Dachbox, Autozubehör, ca. 230 €

(13.7.2019)

Rollbraten statt Rock'n'Roll

Früher ließ man die Kinder ungern allein – jetzt sorgt man sich, weil der Mann unbeaufsichtigt ist. Passiert ja, dass wir nicht gleichzeitig Urlaub haben. Wenn ich dann von der Arbeit komme, erwarten mich Neuerungen im Haushalt.

Nein, nicht die Probleme, die Loriot in „Pappa ante Portas" verewigte. Beim klassischen Pensionär gibt es ja die daheimgebliebene Gattin, die Schlimmeres verhindern kann. Leider sind auch die Kinder oft unterwegs, so dass Papa kein Korrektiv hat. Das feiert er auf dem Dachboden mit E-Gitarren und vier Verstärkern. Ob es eine erfolgreiche Session war, sehe ich drunter im Arbeitszimmer, wenn auf dem PC ein Film aus Putz und Mörtel liegt, daher kommt wohl die Redewendung: Sie war bass erstaunt.

Im Glutsommer 2019 ist es zu heiß auf dem Dach und mein Mann lebt sein anderes Hobby aus: Er grillt – sich, im Liegestuhl, daneben gart stundenlang auf Holzkohle ein kleiner Rollbraten. Eine altersmilde Form von Rock'n'Roll. Oder der ewige Hang zum Exzess, wenn man bei 40 Grad Hitze das Schmoren auf die Spitze treibt. Obendrein braucht der Mann ein Publikum und schickt mir stündlich Urlaubs-Fotos in die Redaktion: vom Rollbraten. Logisch, dass 50 Prozent meiner Kinder vegan geworden sind.

Aber besser ein Rollbraten im Garten als ein gelangweilter 50plus-Rocker im Haus. Der „mal eben die Wäsche durchzieht", acht Maschinen, wonach drei Blusen von mir nur noch Barbie passen. Auch am Herd herrscht Hardrock, jedesmal holt er die krassen Kasserolen und Einmachpötte aus dem Keller und schmuggelt sie in die vollen Schränke: „Muss man nur anders gruppieren", sagt er, während meine geblümten Tässchen zwischen Gusseisernem zerrieben werden.

Neulich hat mein Mann mich mit einer Eigenbau-Klimaanlage überrascht. Das Modell geistert als „Geheimtipp" durchs Internet und ruiniert jetzt unser Wohnzimmer: ein Gartenstuhl, obendrauf eine Wäschewanne voll Wasser. Da rein hängt ein Frotteehandtuch, das mit einem Kleiderbügel am Schutzgitter eines Standventilators befestigt ist. Erst fürchtete ich, er habe (mit Sonnenstich?) eine Zeitmaschine konstruiert. Doch der Mann fabulierte über „Kondensation" und „Temperatursenkung". Erstmal sank meine Laune. Der Rotor randalierte wie zwei E-Gitarren. Der Stromverbrauch würde die Erderwärmung anfachen und der Motor glühte wie ein Grill. Mein Mann strahlte: Für die Schlafzimmer könne er mehr davon bauen! Ich hatte eine Serien-Vision von überhitzten Rotoren, brennenden Handtüchern, Kurzschluss, Blaulicht … Mein Hirn rotierte auch: Morgen ist ein langer Arbeitstag. Ob ich Oma noch mal einspannen könnte, um Papa zu hüten?

Feuerlöscher, Baumarkt, ab 9,99 €

(3.8.2019)

Kinder, Kunst und Krimskrams

Seit fast zwei Jahrzehnten rege ich mich über die Unordnung meiner Kinder auf. Schon der Schnuller meiner Tochter saß schief. Nun sind die Blagen groß und ich begreife: Schlimmer wird es, wenn sie plötzlich aufräumen.

Irgendwann hatte ich akzeptiert: Kinderzimmer brauchen keine Teppiche, sie werden mit Kleidung ausgelegt. Schubladen sind riesige Mäuler, die alles schlucken und nie mehr zugehen. Bettenmachen ist eine Bürde, die man Schülern nicht zumuten kann. Und zu einer glücklichen Kindheit gehören Tausende Kleinteile, vom Ü-Ei-Küken bis zum Lipgloss, die alle Lücken im Zimmer ausfüllen, als wären sie Dämm-Material gegen das Großwerden. Ich fing an, die Architektur der Krimskrams-Türmchen zu bestaunen. Eine Milde, die einsetzt, wenn man weiß, dass die Kinder bald ausziehen.

Rrrromms! Da bebte die Wohnzimmerdecke. Marshas gesamte Jane Austen-Bücher, die auf Papas altem Plattenspieler balancierten, sind abgestürzt, ahnte ich. Vorurteil! Stolz wuchtete unsere Tochter einen Waschkorb voller Urlaubs-Souvenirs und DIN-A4-Hefter in den Flur. Die Schulzeit sei vorbei, jetzt werde ausgemistet. Das klang herrlich und – furchtbar. Mindestens 15 Jahre lang hatte ich versucht, dem Kind die verstaubten Firlefanz-Kisten abzuringen. Nun wurde mir klar, dass ich im Haus nie wieder barfuß in ein Playmobil-Fohlen treten würde. Ich sah einen eisweißen Raum, in dem meine Tochter sich an einem puristischen Schreibtisch auf eine coole Karriere vorbereitet.

Die kleine mütterliche Wahnvorstellung zerstreute sich buchstäblich, als ich die Zimmertür öffnete und eine Vase voller Glasperlen umkegelte. Auf dem Fußboden lagen kniehoch mehrere Krempel-Schichten. Wohn-Geologen könnten darin die Zeitalter „Kindheit", „Pubertät" und „Abitur" ablesen. Mittendrin saß unsere 18-Jährige und seufzte. Wir sollten was raustragen, schlug ich vor. Marsha strahlte und schleppte kiloweise Schulhefte und Bücher – liebevoll in das Zimmer ihres Bruders: „Deine Schul-Unterlagen, mit Dank zurück!" Joey, der sich mit jedem Semester mehr für eine Laufbahn als zerstreuter Professor qualifiziert, knurrte am Schreibtisch irgendwas Unflätiges und vergaß im selben Moment, warum. Der Papierberg wird bis zu seinem Auszug liegenbleiben.

Auf Marshas Boden war nun ein Eckchen frei. Unsere Tochter ließ sich nieder, musterte den Berg Arbeit. Och … erst würde sie Terrakottatöpfe bunt anmalen, für Stifte. Und Holzkisten streichen, für, äh, irgendwas. Dann das Bett in Vintage-Grün lackieren. Eine Wand in Gelb …

So geht wohl Lebenskunst. Man stiftet Chaos und verziert es mit Farbe. Ich schloss leise die Tür und dachte: voll in Ordnung!

Vintage-Grün, Baumarkt, 16,90 €

(14.9.2019)

Unser Jau mit Jupp

Es gibt mindestens 498 182 Gründe, den gerade verstorbenen Alt-Oberbürgermeister Josef Krings zu vermissen. So viele, wie Duisburg Einwohner hat. Der SPD-Politiker ist ja zur Ruhrpott-Legende geworden, weil „der Jupp“ für jeden da war. Kann ich bestätigen, denn ohne Krings wäre meine Hochzeit vor 23 Jahren beinahe geplatzt …

Wir wohnten zwar damals in Rüttenscheid, wollten aber im Duisburger Rathaus heiraten. Erstens, weil das Essener Standesamt in einem finsteren Hochhaus lag. Und zweitens, weil Duisburg in den 90ern noch nicht die ewig stolpernde Stadt war … sondern sympathisch. Stahlwerke galten plötzlich als cool und wurden von Künstlern farbig angestrahlt. Der Ruhrpott-Kult kochte hoch und wir hatten eine romantische Idee: Wir würden auf dem Standesamt nicht „Ja!“ sagen, lieber pott-patriotisch: „Jau!“

Ein mittelguter Plan, denke ich im Nachhinein. Im Mai 1996 eilten wir sorglos in das historische Trauzimmer am Burgplatz. Im Foyer begegnete uns Josef Krings. „Och …“, sagte der, „ihr heiratet heute, wie schön …“ Der Oberbürgermeister kannte meine Eltern aus der Zeit, als mein Vater noch NRZ-Lokalchef war. Und ich hatte auch schon sechs Jahre in der Duisburger Redaktion und viele Termine mit Josef Krings hinter mir. „Das muss ich mir ansehen“, erklärte Krings, mischte sich unter Familie und Freunde, stellte sich dann hinten neben die Eingangstür. Fanden wir klasse. Natürlich waren wir ein bisschen stolz auf den Promi-Gast. Hochglanz, und noch mehr Herz …

Traut euch: „Jau!“ schmetterten wir auf die entscheidende Frage des Standesbeamten. Der war allerdings kein glühender Ruhri, sondern Norddeutscher. Der Mann wirkte irritiert, es entstand ein gellendes Schweigen: Im Raum schien die übergroße Justitia zu schweben: Jau? Nicht rechtskräftig! Auf ihren Waagschalen standen 120 Gäste, eine Party-Scheune, die Hochzeitsreise, eine Schale kippte … In dem Moment blickte der Beamte hinten zur Tür, zu seinem Hausherrn. Ich weiß nicht, ob Josef Krings versöhnlich nickte oder ein Auge zudrückte. Oder ob er einfach da stand und dieses souveräne „Ich-bin-auf-eurer-Seite!“-Gefühl ausstrahlte, das ihn nicht nur im Rheinhauser Arbeitskampf zum Kumpel aller Duisburger machte. Ganz sicher weiß ich, dass ich drei Sekunden nach dem Blickwechsel glücklich verheiratet war.

Heute sind viele bunte Strahler an den hippen Hochöfen kaputt, Pott-Romantik ist längst retro. Duisburg ringt mit dem Image als Stadt der Pleiten und Katastrophen. Die SPD krampft, taumelt.

22 Jahre nach dem Ende seiner Amtszeit ist Josef Krings gestorben. „Der Jupp“ wird bleiben. Jau!

Trauschein, Rathaus, 68 DM

(16.11.2019)

Gucci shoppen auf der Kö

Früher war alles besser – außer für meine Kinder. Die sind auch schon alt genug, um seufzend über die Vergangenheit zu reden. Leider entsteht keine rosig-nostalgische Rückschau. Sondern der Eindruck, dass sie schlimmere Eltern hatten als Hänsel und Gretel.

Früher war alles schlimmer, weil es dermaßen lange her ist, dass man sich nicht erinnern kann. So entstehen Märchen. Es war einmal ein kleiner Junge, der für sein Leben gern Fußball spielte und jeden Tag den bösen Bus im ÖPNV-vergessenen Dorf Baerl nehmen musste. Der Bus raste manchmal grinsend vorbei und ließ den Jungen im Regen stehen. Dann erbarmten sich die Eltern … „Bitte?", empörte ich mich, als mein Sohn das schilderte: „Ich habe mein halbes Mutterleben als Taxi verbracht!" Mein Skoda rollte den Weg so oft, dass Spurrillen von Baerl zum MSV-Platz in Meiderich führen! Und mein Mann erschrak über den 6-stelligen Tachostand, als er jedes Wochenende im Morgengrauen kleine Kicker zu Turnieren an den Außengrenzen von NRW chauffierte. „Niemals …", brummelte Joey.

Seine Schwester nickte empathisch. Solche rührenden Geschwister-Bündnisse sind begründet im gemeinsamen Leidensweg. Ich wusste, was jetzt kommt: „Immer war ich die letzte im Kindergarten", sagte Marsha mit melancholischem Blick in einen imaginären grauen Flur. „Alle Mütter waren längst da gewesen, nur ich stand allein im Eingang …" Während sie mir die Szene zum ersten (und irgendwann zum 30.) Mal schilderte, fand ich mich gemeiner als die Dursleys aus Harry Potter. Bis ich Marsha und ihre Freundin wie so oft von der (20 Kilometer entfernten) Tanz-Werkstatt abholte. Beide schwelgten in den Verfehlungen ihrer berufstätigen Mütter. Marsha war jetzt nicht nur im Kindergarten, sondern auch in der Ganztagsbetreuung vergessen worden, wobei „ganztags" aus ihrem Mund klang wie „lebenslänglich". Die Freundin ergänzte, dass sie nach der Klassenfahrt „einsam auf ihrem Koffer" in der Schule gesessen habe. Zufällig hatte Marsha Ähnliches erlebt: „Und ich glaube, es war sogar mein Geburtstag!" Klar, es schneite auch, und beide Mütter waren wieder Gucci shoppen auf der Kö.

Selbstmitleid steckt an. Von Kabarettisten werden wir normal besorgten Mütter und Väter als Helikopter-Eltern ausgelacht. Die Kinder beklagen ihre Verwahrlosung. Wenn uns alle Seiten beschimpfen, müssen wir in der Erziehung ein gesundes Mittelmaß getroffen haben, oder?, frage ich meinen Mann. Kann sein, lange her, sagt der. Ich solle meine Kolumnen aus 18 Jahren nachlesen, stand ja alles drin. „Genau!", schluchzen meine Kinder im Chor: „Alles was wir ausgefressen haben, kam in die Zeitung!" Noch so eine Verleumdung …

NRZ am Wochenende, 2,20 €

(7.12.2019)

Schuhe to go

Seit drei Wochen fahre ich ein Paar Stiefel in meinem Auto spazieren. Die Absätze sind abgelaufen, ich brauche einen Schuster. Doch auch dieses Handwerk stirbt aus. Schuhe sind zwar von Natur aus „to go“, aber muss man sie deshalb behandeln wie Einwegbecher?

Dass Pullis und Blusen nach fünf Wäschen oft Plastikschrott sind, ist gruselig genug. Schuhe empören mich allerdings besonders. Füße haben ein Grundrecht auf bodenständige Unterbringung. Stattdessen sind nur die Preise handfest. Marken-Boots kosten so viel wie einst ein klappriger VW. Die alten Käfer laufen immer noch, meine besten Boots müssen nach zwei Monaten zur Reparatur. Der Absatz ist durch. Vielleicht schlurfe ich resigniert, weil neben Schustern auch Metzger, Installateure, Floristen und Elektriker aus der Stadt verschwinden.

Ich trudele vom Weg ab, in die Vergangenheit: Der Schuster-Laden in unserer Siedlung war in den 70ern ein winziges Fantasialand. Mag sein, dass ich von Klebstoffen benebelt war, aber Regale voller abgetretener Schuhe liefern 3-D-Kino! Bei welcher Verfolgungsjagd kann dieser Absatz gebrochen sein? Clogs, Pumps, Arbeitsschuhe … man dichtete ihnen automatisch die Besitzer an, ahnte zu jeder Sohle die Seele. Schuster sind mehr als Handwerker, sie sind Heiler. Unserer hatte tiefschwarze Haare, als Kind glaubte ich, dass er sie nach Feierabend mit Schuhcreme polierte.

Eines Tages trugen die Schuster Rot und hießen Mister Minit. Sie retteten nicht mehr das Sohlenheil, sondern arbeiteten, zack zack, mit der Klebepistole, während Kunden in Socken mit den Fingern auf den Tresen trommelten. 2020 schlägt sogar für die Minuten-Schuster das letzte Stündlein. Schuhe kauft man mit dem Zeigefinger: Klick!

Erinnern Sie sich an den Kult um gut sitzende Kinderschuhe? Wie Füße in XL-Maschinen im Laden durchleuchtet wurden, bis man erfuhr, dass die Geräte Strahlung abgaben? Jetzt ist man weit vermessener, kauft ohne Anprobe im Internet. Der heilige Zalando wird’s richten, oder später der Orthopäde. Reparaturen? Wozu? Die Mode rennt. Absätze sind heute gerade, morgen schräg, Spitzen plötzlich rund. Wenn ein Schuh schwächelt, klicken wir uns zwei neue. Der Müllberg wächst, fein, bestellen wir eben hippe Wanderschuhe!

Man kann auch bockig mit dem kaputten Schuh aufstampfen. Einige echte Schuster gibt es noch, psst!, nicht weitersagen, deren Regale biegen sich, ein umkämpfter Absatz-Markt. Die Preise sind moderat, doch als Gegenleistung für die Reparatur muss man etwas Kostbares mitbringen: Geduld!

Absätze, Schuster, 8,50 €

(15.2.2020)

Der Master in Mutti-Technik

Mich packt der Neid, wenn ich Studenten sehe. Mit ihren Laptops, Tablets und Laser-Druckern. Ich saß damals mit zwei linken Händen an der Schreibmaschine und murkste Abschlussarbeiten auf ungeduldiges Papier. Trotzdem hatten wir Daten-Neandertaler den Computer-Nerds etwas voraus: Panik!

Panik? Ja, manchmal ist gepflegte Hysterie nützlich. Zum Beispiel wenn es um wissenschaftliche Abhandlungen geht. Peng! Erleichtert knallte mein Sohn einen Daten-Stick auf den Esstisch. Darauf war seine Bachelor-Arbeit gespeichert, 90 Seiten Medizintechnik, Statistiken, Tabellen … das Ergebnis zermürbender Messungen. Ich war stolz wie drei Eislaufmuttis, dass Joey schon den ersten akademischen Titel anpeilte. Bloß der silberne Stick machte mich nervös. Sah aus wie ein dürres Feuerzeug. Das war nicht der angemessene Schrein für soviel Schlaues.

Mein Sohn erklärte augenrollend, der Stick sei „bombensicher". Als Wesen aus dem vorigen Jahrtausend misstraue ich der unsichtbaren virtuellen Welt. Wer weiß, wohin diese körperlosen Daten entfleuchen? Es ist leichter, an einem Mückenschwarm ein Tau festzumachen.

Seelisch bin ich verwandt mit den alten Damen, die am Hauptbahnhof ihre kleinen Handtaschen umkrallen. Meine Magisterarbeit über Büchners Dramen habe ich damals dreifach kopiert und bei unterschiedlichen Freunden hinterlegt, gestand ich meinem Sohn. Der lächelte mitleidig und betonte, heute könne er mit zwei Mausklicks unendlich viele Kopien seiner Arbeit anfertigen. Nur wozu?

Der werdende Ingenieur rechnete vor: Die Wahrscheinlichkeit, dass sein Laptop UND sein Stick abhanden kämen, liege nahe Null. Höchste Zeit für einen poetischeren Horizont. Ich ließ wilde Wolken aufziehen, erzählte meinem Sohn detailliert von einem Ereignis, das mich panische Vorsorge gelehrt hatte. 1987, ich genoss gerade ein Auslandssemester, tobte ein Hurrikan durch Südengland. Unter anderem riss er die komplette Fassade eines Studentenwohnheims in Brighton herunter. In den BBC News sah ich einen schluchzenden jungen Mann. Seine fast fertige Examensarbeit war weggeflogen, er hatte keine Kopie.

Mein Sohn wirkte nachdenklich. Draußen zupfte Westwind am Rollo. „Unsere Fassade ist von 1932", erwähnte ich. Joey ging die Treppe rauf. Ja doch, er würde die Arbeit in einem weiteren externen Speicher sichern. Der Wind frischte auf. Joey lief etwas schneller.

Bestimmt schafft mein Sohn den Bachelor in Medizintechnik. Aber mir gebührt ein Master in Mutti-Technik, der Wissenschaft vom Katastrophenschutz.

Guter Rat, Mama, 0 €

(7.3.2020)

Ölkrise, hausgemacht

Natürlich sind wir eine coole Familie. Wir witzeln über Nervenbündel, die vor kleinen Viren zittern und Nudeln für zwei Jahre hamstern. Stehen wir drüber. Nein, wir sitzen. Auf dem Sofa, Samstagabend, Susanne Daubner zählt in den Nachrichten die üblichen Apokalypsen auf, da kommt mein Mann entsetzt aus dem Keller …

Nach den Horror-News denke ich, ihm sei ein rückfälliger Taliban begegnet oder ein hüpfballgroßes Monster-Corona. Nein. „Heizöl ist alle!“ Backsteinhäuser lassen sich nur schwer zur Zapfsäule bewegen, und Tankwagen dürfen sonntags nicht liefern. „Bis Montag keine Heizung!“, verkündet der Mann. Und? Draußen liegt der Niederrhein, nicht Island. Im Wohnzimmer steht ein Kaminofen, im Rest-Haus kann man dicke Pullis tragen. Die Flüchtlinge in Griechenland hätten gerne solche Sorgen …

„Äh … geht die Dusche auch nicht?“, durchbricht unsere Tochter diese Demut. Klar, beruhigen wir sie, mit kaltem Wasser! Die Info tröpfelt nach und nach ins Bewusstsein. „Cool!“, unser Sohn schwärmt von Kerlen, die sich mit Schnee-Bädern stählen. Ich rechne insgeheim aus, wie viele Füllungen mein Wasserkocher braucht, um eine laue Wanne hinzukriegen. Der Gedanke gefriert, in meinem Kopf taucht die Großaufnahme einer kopfschüttelnden Greta auf.

Sonntagfrüh um sieben stocht mein Mann den Kaminofen, als sei das Haus mit Eis überzogen. Unsere Kinder, die sonst bei minus drei Grad barfuß in ihren Zimmern sitzen und die Heizung für eine Retro-Deko halten, erscheinen in vier Lagen Fleece. Bei 29 Grad Raumtemperatur finde ich die kalte Dusche hilfreich. Wer braucht Öl? Wir sind Greta!

Am nächsten Morgen ist der Ofen aus. Montage sind schlecht fürs Klima: Räume mit 16 Grad fühlen sich jetzt an wie ein Bahnsteig im November. „15,4!“, meldet Marsha den neuen Kälterekord aus ihrem Zimmer. Bei der Temperatur geht sie normalerweise im T-Shirt shoppen, jetzt heult die Zahl um die Ecke wie ein sibirischer Ostwind. Unser Sohn empört sich, das Leitungswasser sehe „fast bläulich!“ aus. Mein Mann geht mit der stählernen Miene eines japanischen Eisloch-Tauchers ins Bad.

Ich hole einen Heizlüfter aus dem Keller. Zum ersten Mal seit langer Zeit werde ich wieder als Supermama gefeiert. So muss sich die Glucke fühlen, wenn unterm warmen Federkleid die Küken dankbar tschilpen.

Der Tankwagen! Wir jubeln wie Schiffbrüchige, die den Dampfer sichten. Als ich die Tür öffne, weht Frühlingsluft ins Haus. Ungerührt bestelle ich doppelt so viel Öl wie sonst. Der Lkw-Fahrer weicht einen Schritt zurück, als ich frage, ob er auch Nudeln liefert …

Heizöl, 2000 Liter, ca. 1190 €

(14.3.2020)

Bitte nicht lesen!

Mütter erkennt man an der Sorgenfalte zwischen den Augenbrauen. Sie kommt von dem ewig nagenden Gedanken: „Habe ich bei der Erziehung was falsch gemacht?“ Sehr mütterliche Mütter fragen sich das sogar, wenn sie gute Arbeit leisten. Mir ist es gelungen, meine Blagen ans Lesen zu bringen. Jetzt grübele ich, ob ich ihnen damit einen Gefallen getan habe.

Vorab der Geheimtipp. Es gibt nur ein Mittel, das Kinder in Leser verzaubert: gute Bücher. Nicht diese hübsch gestalteten Literatur-Attrappen, in denen irgendwelche Sätze begraben sind. Gute Bücher erkennt man leicht. Sie kleben. Man liest eine Seite und wird sie nicht mehr los. Kaufen!

Bei meinen offiziell erwachsenen Kindern funktioniert das bis heute. Nur mein Sohn schwächelt, seitdem er Medizintechnik studiert. Logisch, dass die Leselust schwindet, wenn man Telefonbücher voller Mathe-Formeln auswendig lernen muss. Trotzdem schenkte ich Joey zu Weihnachten einen E-Reader. Der passt exakt in die Bauchtasche der Winterjacke. Jetzt liest mein Sohn in der Bahn auf dem Weg zur Uni. Man kann ja herzhaft fluchen über den Nie-Nahverkehr. Aber die Irr-Fahrten, zu denen man als Niederrheiner verdammt ist, eröffnen unverhoffte Zeitfenster für die kulturelle Bildung.

Das Zeitfenster meines Sohnes bot vorige Woche plötzlich erstaunliche Ausblicke. Als Joey vom Thriller aufschaute, fand er sich an der Monning in Mülheim wieder, wo schon seine Großeltern zum Tanztee einkehrten. Das konnte er nicht wissen, war sich aber sicher, dass die Uni woanders lag. 2,9 Kilometer südwestlich, lernte er, während er durch den Regen rannte. „Spricht für die Qualität meines Buches“, räumte er ein, als er uns beim Abendessen davon erzählte.

Ich wartete auf die Häme seiner (nicht mehr ganz so) kleinen Schwester. Doch Marsha schwieg. „Warum machst du dich nicht über deinen Bruder lustig?“, fragte ich besorgt. Marsha brummelte was von „abtauchen“ und „sympathisch“. Weil wir kollektiv die Luft anhielten, packte sie aus. Nun ja, sie habe neulich die Uni erst nach der Vorlesung erreicht. Weil sie an der Haltestelle in ihren Roman versunken war und vergessen hatte, einzusteigen. Bei drei Bahnen.

Die Falte auf meiner Stirn wurde wieder tiefer. Was taugt es, wenn ich einen Orden von der „Stiftung Lesen“ bekomme und meine schmökernden Kinder sich an Haltestellen in der Fremde verkühlen? Da musste ich mich dringend einmischen: „Wow! Wie heißen die Bücher?“

Sally Rooney: Normal People, 8 €

Cixin Liu: Die drei Sonnen, 16,99 €

(21.3.2020)

Home, sweet Homeoffice

Weil unsere Politiker gerade so spendabel sind, können sie gleich ein paar Milliönchen drauflegen: Für die Wirbelsäulenschäden, die unser Gesundheitssystem nach Corona verarzten muss. Die Arbeit im Homeoffice hat schöne Seiten – ist aber schmerzhaft. Mein Schreibtisch taugt eher zum Kartoffelschälen als zum Kolumnetippen.

Ich will mal nicht meckern. Nur leise in Ihre Zeitung jammern. Immerhin habe ich im Gegensatz zu vielen Kulturschaffenden noch Arbeit. Und obendrein von der NRZ ein tüchtiges Laptop und einen großen Monitor, der mich erwartungsfroh anblickt. Homeoffice könnte beinahe gemütlich sein. Wenn ich es nicht mit meinem Mann teilen müsste.

Mein Mann ist Polizeireporter und seine Kriminellen halten sich nicht an die tariflichen Zeiten. Kolumnen dagegen flanieren gerne am späten Vormittag ins Blatt. Mit anderen Worten: ER malocht, während ICH meinen bezahlten Müßiggang mit Worten verziere. Okay, das war meine zickig-zynische Interpretation, als es um die Frage ging: Wer bekommt in den nächsten Wochen das Arbeitszimmer? Der Feminismus muss sich den Fakten beugen. Mein Mann und Kollege hat eine sehr volle Stelle, ich nur ein halbe. Also richte ich mir einen Notplatz im Schlafzimmer ein. Wobei ich die Tür offen lasse, damit die Familie meinen heroischen Minimalismus sieht.

Das Laptop steht auf einem winzigen Küchentisch, ich kauere auf einem billigen Drehstuhl, der sich für meinen Rücken nicht zuständig fühlt. Ich trage Grau, als Anklage gegen die Tristesse meines Mobiliars. Während mir dauernd die Maus rechts vom Tischchen stürzt, denke ich mit ganz neuer Melancholie an mein Büro in Essen. An den herrlichen Schreibtischstuhl, den ein Orthopäde entworfen haben muss … während er auf einer Wiese lag und die Wolkensofas am blauen Himmel studierte.

Nach fünf Stunden Homeoffice knirscht der Nacken, in den Ohren dröhnt die Stille. Ich vermisse die nonstop-telefonierenden Kollegen und öffne die Tür zum Arbeitszimmer gegenüber. Jetzt haben wir fast ein Großraumbüro und mein Mann zerhackt mit rasenden Fingerspitzen genauso gründlich die arme Tastatur wie in meinem Büro der Kollege H. Liegt vielleicht daran, dass er gerade über häusliche Gewalt schreibt. Apropos häuslich. Mein Mann hebt den Kopf, sieht mich an dem Küchentisch und folgert: Was gibt es zu essen?

Falls mich dieser Drehstuhl nicht zur Sehrfrührentnerin macht, schreibe ich Ihnen nächste Woche: Wie unser Sohn dafür sorgt, dass ich als Kolumnistin weiterarbeite, nicht als Kantine.

Drehstuhl, Baujahr 1997, 29 €

(28.3.2020)

Rauchen und Radio

Endlich! Meine Küche tänzelt! Die Einkäufe schunkeln, ich singe beim Ausräumen der Spülmaschine und verstehe zwischendurch manchmal minutenlang die Welt: Wir haben wieder ein Radio auf der Anrichte und es läuft WDR2! Gegen den heftigen Protest meiner volldigitalen Kinder.

Küche und Radio gehören für mich zusammen, seitdem ich an dem Resopal-Tisch neben der Tür sitzen konnte. Und mit baumelnden Beinen zuschaute, wie sich die Schwaden vom Nudelwasser mit dem blauen Dunst aus der Ernte 23 meiner Mutter mischten. Auch wenn der Bundesgesundheitsminister das missbilligt und ich längst Nichtraucherin bin ... ich fand den Mix aus Qualm und einem quatschenden Lautsprecher behaglich, noch gesteigert durch die Übertragung der damals brandneuen Hits der Beatles. In jeder meiner Küchen stand, nein, wohnte ein Radio. Zuletzt war es ein bildschönes, lederbezogenes Retro-Modell von Roberts, ein Geburtstagsgeschenk.

Leider ist Leder vergänglich. Besonders wenn es sich in der Nähe aufhält, während mein Mann für gefühlt 40 Personen Gulasch anbrät. Das gute Roberts zerfranste und verstummte schließlich. Lange wollte ich es aus Loyalität nicht ersetzen. In der Küche brach eine traurige, stille Zeit an. Ich war immer eine furchtbare Köchin, aber jetzt hatte ich das Gefühl, Lebensmittel nicht anzurichten, sondern auf Tellern zu bestatten.

Meine Kinder belehrten mich über die unendlichen Möglichkeiten meines Smartphones und der Bluetooth-Box: „Millionen Sender! Australien live ...“ Da ist Funkstille zwischen den Generationen. Ich will morgens nicht die Lesebrille suchen und auf Mikro-Buchstaben rumwischen, um aus der Box, die irgendwo im Badezimmer chillt, das Surfwetter in Canberra zu erfahren. Ich will WDR2! Ich will Steffi Neu zuhören, deren Stimme sogar die Staunachrichten erfreulich klingen lässt. Ich will beim Kochen stündlich seriöse Nachrichten serviert haben, nur den Kindergeburtstags-Charme der Hörer-Mitmach-Spiele brauche ich nicht.

Im Internet orderte ich das Radio mit der kürzesten Lieferfrist. Was Robustes. „Ist das hässlich ...“, mäkelten die Kinder. Sie hatten recht, ich schob das Gerät hinter den Mixer. Dabei apportierte der sensible Sendersuchlauf schon WDR2. Interview mit einem Virologen, unerfreuliche Fakten. Und? Solange das Radio läuft – und meine Zeitung auf dem Tisch liegt! – ist die Welt immun. Gewohnheit ist das meist unterschätzte Gegenmittel für alles.

Am nächsten Morgen plärrte mich das Radio wach. Meine Kinder hörten WDR4: „Beatles! Cool!“

Ich spürte das leise Bedürfnis, mir eine Ernte 23 zu kaufen.

Küchenradio, Internet, 29 €

(11.4.2020)

Zimmer mit Määähblick

Schafe werden unterschätzt. Nur weil sie außen weich und innen freundlich sind, darf man sie nicht für das Vorstadium von Öko-Schlabberpullis halten. Die Viecher haben Biss.

Normalerweise weckt den Niederrheiner im März ein wütender Kärcher, der Algen und Moos Manieren beibringt. Oft jault dazu seine Freundin, die Motorsäge. Sie metzelt Bäume, damit man jetzt keine Blätter fegen muss. Sauerstoff? Ist das nicht dieses beängstigende Zeug, das man aus den Corona-News von den Intensivstationen kennt?

Im Frühjahr 2020 erklang ein freundliches „Määääh". Nebenan blökten fünf Schafe. Danke! Am Vortag war ich von der Insel Föhr geflogen. Da wollte ich meine wachsende Schlaflosigkeit kurieren. Stattdessen Lockdown. Noch weniger Schlaf. Und ein wolliges Wunder: Ich durfte vor der Haustür Schäfchen zählen. Gern würde ich folgern, dass mir ein Allmächtiger mit Rauschebart diesen Trost vor die Tür gestellt hatte. Aber nach der Logik müsste es längst Geld und Schulbücher auf die vergessenen Kinder in Moria regnen. Lieber glaube ich mit fast religiöser Inbrunst an hübsche Zufälle.

Schafe sehen nicht nur aus wie gelandete Wölkchen. Sie sind dekorativer als Doppelhaushälften, die sich am Niederrhein pandemisch ausbreiten. Jedes größere Grundstück – also alles, worauf eine Telefonzelle passt – wird bebaut. Klinker helfen noch gründlicher gegen Natur als Kärcher. Doch unsere neuen Nachbarn wollen den riesigen, jahrelang verwilderten Garten erhalten. Sie bekämpften das Dickicht mit gesundem Appetit – deshalb die fünf Schafe. Ich stand tagelang selig am Fenster. Ein Zimmer mit Määäähblick!

Wie fleißig die Tiere jeden Halm verspeisten. Auch nachts! Ich musste gar nicht zählen, die Schäfchen malmten und knusperten mich in den Schlaf. Sie schredderten Büsche und Äste. Zum Dessert die Brombeerhecke. „Stand links nicht eine Sitzbank?", sagte mein Mann. Tatsächlich wirkte eines der Schafe etwas eckig um die Hüften. Nach acht Tagen war ein Urwald verdaut. Nur die ortsüblichen Fünf-Zentner-Weltkriegsbomben hätten das sauberer hingekriegt. Die Herde nahm Kurs auf unsere Holzterrasse. Ich sah, dass Wolle aus lauernden, lockigen Stacheln besteht. Da kam ein Transporter und holte die Schafe ab.

Was ich damit sagen wollte … wir müssen die Natur behüten! Ob die niederrheinische Wölfin Gloria und der jüngst gesichtete Goldschakal da draußen noch sicher sind?

Sitzbank, Baumarkt, ca. 79€

(7.11.2020)

Hamster, hausgemacht

Natürlich hamstern wir nicht in der Pandemie. Wir hamstern immer! Unsere Wochenendeinkäufe sind seit Jahren von Panik gezeichnet: Wie bekommt man Heranwachsende satt? Bei uns wird nicht gespeist, sondern geschlungen. Die Blagen sind fleißiger als Pauschaltouristen am All-in-Buffet. Erklären Sie das mal an der Supermarktkasse, während die Warteschlange zwei Meter zurückweicht und tuschelt „… Quarantäne!".

Beim ersten Lockdown habe ich mich noch geziert. Bin dreimal wöchentlich einkaufen geschlichen, um nicht raffgierig zu wirken. Jetzt ist der Ausnahmezustand ja Alltag. Falls irgendwer meinen ächzenden Einkaufswagen schräg anschaut, verkünde ich: Wir shoppen fürs Weltklima. 70 Prozent der Lebensmittel sind für unsere turbo-vegane Tochter. Falls Marsha durch Corona noch länger zum Online-Studium im Elternhaus gezwungen ist, bauen wir eine Speisekammer an.

Waren Sie mal im Versorgungstrakt des Affenhauses vom Duisburger Zoo? So sieht meine Küche aus. Auf der Anrichte biegen sich acht! Obstschalen, umringt von Hügeln aus Auberginen bis Zucchini. Und dann kamen die seltsamen Tomaten meines Mannes dazu …

Nein, unser Grillomane ist nicht zum Veganer bekehrt. Aber als sich abzeichnete, dass wir den Urlaub im Garten verbringen müssten, witterte mein Mann die Barbecue-Saison seines Lebens. Während Deutschland in Klopapier-Irrsinn verfiel, brach bei ihm der Rinderwahnsinn aus: „Und wenn den Metzgern die Steaks ausgehen?" Hilfe, bald würden Mann und Tochter um die Wette ackern: Drinnen Grünzeug, draußen Vieh!

Bevor Hühner und Schwarzbunte bestellt werden konnten, kaufte ich einen Kompromiss: Fleischtomaten. 25 muskulöse Pflanzen. Der Selbstversorger-Instinkt war vorerst befriedet. Mein Mann adoptierte die kleinen Töpfe liebevoll wie eine Kälbermast. Nur die Sommerhitze verhinderte, dass er den ganzen Tag in Gummistiefeln verbrachte. Die Wassernachzahlung von 189 Euro belegt, wie gut es die Tomaten bei uns hatten. Joey rechnete seiner schnaubenden Schwester vor, dass Chicken Nuggets eine bessere Ökobilanz erzielen als Maibaum-Tomaten.

Als Großstädterin bin ich mit holländischen Klon-Tomaten aufgewachsen, gerne auch als Ketchup. Unsere Fleischtomaten ähneln Kürbissen, sie sind riesig, narbig, verbeult und knurren bei Vollmond. Welch ein Bio-Thriller: Sie schmecken! Mann und Tochter, endlich kulinarisch versöhnt, kochten Hektoliter Sugo ein.
So stehe ich hier mitten in der Pandemie eingekeilt zwischen Obstbergen, Gemüse-Türmen und Sugo bis zur Kellerdecke und seufze von Herzen: Was haben wir für herrliche hausgemachte Probleme!

Tomaten, eigene Ernte, nur 189 €

(21.11.2020)

Noch mehr Engel, bitte!

Die meisten Engel tragen heute Turnschuhe. Sie arbeiten unerkannt, in der Pflege. Im Frühling standen sie im Scheinwerferlicht. Als Deutschland im Corona-Schock alle hilfreichen Menschen zu Helden verklärte. Das öffentliche Klatschen endete jäh, weil man die Hände fürs Hamstern benötigte. Die Pfleger trugen das mit Fassung, wie immer, wie alles, ist ja ihr Job. Wir sollten es nachhaltig rausposaunen, nicht nur an Weihnachten. Es gibt Wesen, die jeden Tag Überirdisches leisten. Sie brauchen keinen Beifall, sondern Beistand, von oben: Die Bundesregierung muss ihnen endlich Heerscharen von gut ausgebildeten Kollegen an die Seite stellen.

Das tapfere Personal der Kliniken wird jetzt täglich in der Tagesschau gezeigt. Aber wer feiert die Pfleger, die den undankbarsten Job machen? Die TV-Kameras wagen sich selten in die Demenzstation für Hochbetagte. Wenn über Pflegeheime berichtet wird, sehen wir weißhaarige Damen beim Bingo. Nur verschwommen ist hinten ein bettlägeriger Greis im Bild. Es ist an der Zeit, scharf zu stellen.

2017 kamen meine Eltern ins Pflegeheim. Dort habe ich Leid angetroffen, dicht an dicht, von dem ich dachte, sowas gibt es nur in Indien oder Moria, weit weg. Klar, unsere Senioren werden in feinen Neubauten gut verpflegt. Doch das wissen schwer demente Menschen nicht, in ihrer Wahrnehmung ist immer Weltuntergang. Sie halten Ärzte plötzlich für Mörder, Angehörige für Ungeheuer. Viele schreien nach ihren Müttern, verstehen nicht, wo sie sind und wer sie sind. Wer laufen kann, irrt über niemals endende Flure. Frauen im Rollstuhl halten sich Tag und Nacht an einer Babypuppe fest. In jedem Zimmer wohnt eine andere Art Verzweiflung.

Wir Zuschauer hätscheln unser Gewissen. Glückliche Pfleger … ihr christlicher Lohn ist die Dankbarkeit der Schützlinge. Da liegt die Krux. Demenz duldet keine Linderung. Statt Dank gibt es oft Tränen, auch Fausthiebe. Die Krankheit löscht Anstand und Sprache aus. „Wenn wir hier jeden einmal am Tag zum Lächeln bringen, haben wir einen guten Job gemacht", erklärt die Pflegedienstleiterin. Dieses Lächeln erfordert einen Kraftakt aus Einfühlungsvermögen, Fachverstand und Engelsgeduld. Neben der Maloche im Schichtdienst, beim Waschen, Füttern, Trockenlegen von Sterbenden.

Meine Eltern haben den Weltkrieg überstanden. Die schlimmste Erfahrung ihres Lebens aber war ein Seniorenheim, in dem es nur überforderte Pfleger gab. Nach langer Suche kamen sie in eine der raren hervorragenden Demenz-Stationen. Dort, in Ruhrort, ist mein Vater im August gestorben. In den anderthalb Jahren bei den Maltesern hat er wieder gelächelt, oft sogar gelacht. Mein Vater war nie religiös, doch ich weiß, er hat Engel gesehen, in Turnschuhen.
Mehr Pfleger, jetzt!, Milliarden €

(19.12.2020)

Bisschen Beuys

Normalerweise hängt die Zimmerdecke weiß und friedlich über unseren Köpfen. Seit drei Wochen wirkt sie bedrohlich. Das begann beim Mittagessen mit der beiläufigen Frage unserer Tochter: „Was ist das Dunkle da oben?" Nach 22 Jahren als Mutter lassen mich Flecken kalt. Sie sind nicht die Zierde, aber vielleicht die Sprenkel des Hausfrauen-Alltags. Kaum sind die Kinder auf der Welt, sorgen sie für ein getüpfeltes Umfeld, sabbern Milchbrei, spucken Spinat, dann kommen Fingerfarben, Fußbälle, Nagellack …

Aus Gewohnheit blickte ich meinen Sohn fragend an. Joey (22) reagierte empört, er habe „seine Schwester seit mindestens zwei Jahren nicht mit Hühnerbeinen beworfen!". Dabei fand ich fliegendes Huhn eine gute Lösung. Der Fleck über dem Esstisch hatte eine schlimmere Ursache: keine! Oder wenigstens keine sichtbare. Er war handtellergroß, rundlich, mittelgrau wie die Trenchcoats in alten Agentenfilmen. So unauffällig und ohne jede Spur kann nur der Profi unter den Flecken ins Haus schleichen. „Wasser!", japste ich.

Mein Mann sah direkt begossen aus. Er kennt meine Neigung zur alltäglichen Apokalypse. Der Weltuntergang bereitet ihm kein Problem, er fürchtet sich vor der Flut an Rettungsmaßnahmen, die ich aus dem Stand organisiere, mit ihm in der Hauptrolle. Zur Einstimmung berichtete ich von den Bekannten in Moers, die ein Jahr im Hotel lebten, während eine Spezialfirma das klatschnasse Haus auswrang. Man müsste sofort den Haupthahn abstellen, Probebohrungen in der Decke veranlassen … Mein Mann betonte, dass nicht die kleinste Wasserleitung in der Nähe dieser Decke liege, der Fleck sei trocken und seit Wochen unverändert. Trotzdem stand er lauernd daneben, als ich auf den Esstisch stieg und eine halbe Stunde lang die Decke föhnte. „Falls du runterfällst", log er.

Derweil blieb der Fleck gleich groß und weigerte sich, aus Wasser zu bestehen. Doch ein Fettfleck? Ein kleines, unternehmungslustiges Rösti?, ermutigte ich meine Kinder. „Boah, Mama!" Eine schmorende Leitung! Wir brauchten einen Elektriker, Feuerlöscher … Da läuft KEINE Leitung, nirgends, sagte mein Mann ungewohnt laut.

Ungewohnt kleinlaut starrte die Familie nach oben, der Fleck hing da grau und teilnahmslos. Man muss nicht alles erklären können, folgerte mein Sohn, der angehende Ingenieur. Der tut nix, entschied mein Mann, der Polizeireporter. Die Form ist schön, fand unsere Design-Studentin. Natürlich … kapierten wir: Kunst! Eine Hommage an einen großen Niederrheiner, dessen 100. Geburtstag wir dieses Jahr feiern. Das ist kein Fleck, sondern eine kleine runde Fettecke. Wir sind ein bisschen Beuys!

Kunst, manchmal, 0 €

(20.2.2021)

Impressum

Maike Maibaum
Geschenkt

NRZ – Mitten im Leben
Kolumnen und Karikaturen
Band 2

1. Auflage Juli 2021

Illustration Titelseite: Thomas Plaßmann
Gestaltung: Volker Pecher
Druck: Multiprint

ISBN 978-3-948365-23-3